AF282647

Hier bekommen die Wörter ihre wahre Bedeutung zurück. Die Wolken. Der Wind. Der Himmel. Die Erde. Das Meer und das Licht. Die Finsternis. Wörter und Sätze und ihre Assoziationsfähigkeit. Das Psychogramm eines Mörders. Geschrieben zu Hause, vor dem Fernsehgerät, unterwegs, beim Radiohören, Zeitunglesen, morgens, abends. beim Erwachen.

Dies ist kein Krimi im herkömmlichen Sinn, sondern ein in Worte gefasster, spontaner Befreiungsschlag. Denn der Mörder von Wien steckt in jedem Menschen. Dieses Buch will nichts beweisen, nicht gescheiter sein als andere, verbirgt seine Schwächen nicht, lässt offen, was offen bleibt und dabei abgeschlossen erscheint.

Adelhard Winzer, geboren in Karlshuld, Donaumoos, lebt heute im Chiemgau. Erlernte das Bäckerhandwerk. Spielte mit sechzehn in der ersten Band. War Discjockey und als Berufsmusiker in Deutschland, Österreich und der Schweiz unterwegs. Veröffentlichte ein Kinderbuch. Arbeitete in einer Großbank. Wurde zur Lesung in den Grünen Salon der Volksbühne Berlin eingeladen. Belegte den dritten Platz beim Fränkischen Kurzgeschichtenpreis. Widmete sich, nach dem Eintritt ins Pensionsalter, endgültig dem Schreiben und Zeichnen.

ADELHARD WINZER
DER MÖRDER VON WIEN

Fragment

GROSSDRUCK

Bibliografische Information der Deutschen Nationalbibliothek: Die Deutsche Nationalbibliothek verzeichnet diese Publikation in der Deutschen Nationalbibliografie. Detaillierte bibliografische Daten sind im Internet über http://dnb.dnb.de abrufbar.
Die automatisierte Analyse des Werkes, um daraus Informationen insbesondere über Muster, Trends und Korrelationen gemäß §44b UrhG („Text und Data Mining") zu gewinnen, ist untersagt.

Verlag: BoD · Books on Demand GmbH,
In de Tarpen 42, 22848 Norderstedt,
bod@bod.de
Druck: Libri Plureos GmbH,
Friedensallee 273, 22763 Hamburg
Umschlagzeichnung: Adelhard Winzer
Copyright des Zitates von Blaise Pascal:
© 2017 Philipp Reclam jun.

ISBN: 9783-7597-3442-6

DER MÖRDER VON WIEN

ES IST GEFÄHRLICH, DEM MENSCHEN ZU EINDRINGLICH VOR AUGEN ZU FÜHREN, WIE SEHR ER DEN TIEREN GLEICHT, OHNE IHM SEINE GRÖSSE ZU ZEIGEN. UND ES IST WEITER GEFÄHRLICH, IHM ZU EINDRINGLICH SEINE GRÖSSE OHNE SEINE NIEDRIGKEIT VOR AUGEN ZU FÜHREN. ES IST NOCH GEFÄHRLICHER, IHN IN UNKENNTNIS DES EINEN UND DES ANDEREN ZU LASSEN, ABER ES IST SEHR VORTEILHAFT, IHM DAS EINE UND DAS ANDERE DARZULEGEN. DER MENSCH SOLL NICHT GLAUBEN, ER GLEICHE DEN TIEREN ODER DEN ENGELN, ER SOLL AUCH NICHT IN UNKENNTNIS DES EINEN UND DES ANDEREN SEIN, SONDERN BEIDES WISSEN.
/ BLAISE PASCAL

GEWISSENSERFORSCHUNG –

Ich habe die Bedienung meines
Stammlokals umgebracht, weil
sie so spöttisch an mir vorbeigegangen ist.

Ich habe die Lebensversiche-
rung umgebracht, weil sie das
Leben der Menschen umge-
bracht hat.

Ich habe den Priester umgebracht,
der uns mit seinem Glauben umgebracht hat.

Ich habe den Rasenmäher umgebracht, der zur Mittagszeit den
Rasen gemäht hat.

Ich habe den Oberbürgermeister
umgebracht, der seinen Kontra-
henten umgebracht hat.

Ich habe den Künstler umgebracht, der anderen Künstlern
den Weg versperrt hat.

Ich habe den Mitarbeiter umgebracht, der mir nichts als Ärger
gebracht hat.

Ich habe den Nachbarn umgebracht, der mir den Weg zur
Garage versperrt hat.

Ich habe Wörter und Worte
umgebracht, bei denen ich
nicht wusste, sind es Wörter
oder Worte?

Ich habe die Frau umgebracht,
die mich betrogen hat.

Ich habe den Schiedsrichter umgebracht, der den Elfmeter nicht gepfiffen hat.

Ich habe ohne Grund den Präsidenten der Vereinigten Staaten von Amerika umgebracht.

Ich habe alle Leute umgebracht, die auf ihre Handys gestarrt haben.

Ich habe den Stammtischbruder umgebracht, der seinen Hund geküsst hat.

Ich habe alle Hunde umgebracht, die mir über den Weg gelaufen sind.

Ich habe den Präsidenten der EZB umgebracht, weil er den Leitzins nicht gesenkt hat.

Ich habe den Milliardär umgebracht.

Ich habe die Frau umgebracht,
die geschrien hat: Oh, mein
Gott!

Ich habe den Wirtschaftsminis-
ter umgebracht.

Ich habe den Diktator umgebracht.

Ich habe die Kinder des Diktators umgebracht.

Ich habe die ganze Familie des
Diktators umgebracht.

Ich bin nicht der Mörder von
Wien!

Ich habe notiert, was mir heute durch den Kopf gegangen
ist.

DAS TREFFEN –

Muggenthaler, wer ist das? Ein blöder Hund. Gehört auch zu den Jungen, denen alles egal ist. Die Schulden haben über Schulden. Auch der Muggenthaler? Nein, der kommt aus der Schweiz.

Der Alte mit der zerfransten Hose wackelt durch den Biergarten. Wie alt ist er? Wo kommt er her? Die Gäste wissen alles. Ja, genau! Bei so einem Schülertreffen kommt viel zutage. Vor allem, was seinerzeit nicht hätte sein dürfen!

Johannes: Früher haben alle Hansi zu ihm gesagt. Jetzt muss man aber Hans sagen. Nein, den Hansi gibt es nicht mehr!

Die Angeber wollten ein Haus bauen, größer und schöner als alle anderen. Nach dem Rohbau ist ihnen das Geld ausgegangen. Jetzt steht nur noch so ein Gerüst in der Landschaft.

ZWANGSJACKEN –

Gefangene ihrer Firma. Gefangene ihres Vereins. Gefangene ihrer Prinzipien. Gefangene ihrer Religion. Gefangene ihrer Titel. Gefangene ihrer Vergangenheit. Gefangene ihrer Zukunft. Zwangsjacken ihres Lebens.

Wären die Menschen untereinander so liebevoll, wie sie mit ihren Autos umgehen. Was wäre dann?

Ein unermesslicher Raum? (Universum).

Eine schön anmutende Frau mit einer Männerstimme.

Die neue Zeit: Frauen allein (ohne Männer).

Zielbewusst durch eine Buchhandlung schlendern.

UNVOLLENDETE GESCHICHTEN –

Ich hatte eine Freundin, aber schon lange nichts mehr von ihr gehört. Kein Rückruf, keine E-Mail. Ich schaute ins Internet, in dem man alles finden kann (auch das, was niemanden interessiert). Dabei entdeckte ich die Todesanzeige – mit ihrem Namen! Ich war bestürzt, sah aber, dass das Geburtsdatum darin nicht stimmte. Ich rief nochmal an. Doch sie meldete sich nicht. Niemand meldete sich. Nur das Freizeichen war zu hören. Keine Anrufbeantworterstimme. Auch nicht der allseits bekannte Spruch: „Kein Anschluss unter dieser Nummer."

Er grüßt nicht, schaut an dir vorbei. Hat eine Fahnenstange vor dem Haus, mit einer lockeren Schnur daran, die, wenn der Wind weht, Tag und Nacht gegen die Stange schnalzt, sodass die Nachbarin nicht schlafen kann. Beschwert man sich, behauptet seine Frau das Gegenteil, während er durch den Hof stolziert wie ein Großgrundbesitzer, rotzt und spuckt dabei, dass einem speiübel wird.

Eklektiker? (Jemand, der keine eigenen Ideen entwickelt, sich nur mit Gedanken und Stilelementen anderer schmückt.)

Er war total besoffen, redete ohne Unterlass, war der personifizierte Drecksack, sodass man nicht wusste, soll man jetzt schweigen oder nicht? Schweigen fällt einem heutzutage so schwer.

DIE ZEHN GEBOTE –

Verboten!

Verboten!

Verboten!

Verboten!

Verboten!

Verboten!

Verboten!

Verboten!

Verboten!

Verboten!

Eigentlich war alles in Ordnung.
Dann kam der hinterlistige Kerl
daher und warf alles über den
Haufen.

Menschen allein. Menschen zu
zweit. Menschen in Gruppen.
Menschen, die alles besser wissen.
Menschen, die sich selbst erniedri-
gen. Menschen, die nicht miteinander reden. Menschen, die sich
lieben. Menschen, die sich hassen.
Menschen allein am Rand des Ab-

grunds.

Kritiker, schreib endlich das Buch,
das besser ist als alle Bücher, die
du bislang kritisiert hast!

Die neuen Verbrecher reden sehr
schnell, verschlucken drei Silben
auf einmal (als wären sie nicht
von hier), sodass du dich dabei
ein bisschen schuldig fühlst. Bis
du die gepfefferte Antwort er-
hältst dafür.

DER ZETTEL –

Eine Frau ging allein am Waldrand
entlang. Sie hörte von Weitem
eine Stimme. Bemerkte schließlich
einen kränklichen Mann, der auf
einer Bank mit geschlossenen Augen laut vor sich hin sprach: „Ich
liebe meinen Körper. Er ist mein

bester Freund. Die unendliche Intelligenz in mir heilt jetzt alle Wunden. Der Schmerz und die giftigen Stoffe verschwinden. Heilung tritt ein, Heilung für meinen Körper. Und ich bin frei!" Als sie weiterging, war sie in Gedanken bei dem Mann. Nach ihrer Rückkehr saß er immer noch auf der Bank und rezitierte einen anderen Spruch: „Ich bin jung. Ich bin schön. Ich bin reich. Ich bin sexy. Ich bin groß. Ich bin stark. Ich bin einmalig!" Die Frau tippte JUNG – SCHÖN – REICH – SEXY – GROSS – STARK – EINMALIG in ihr Handy. Schrieb zu Hause den gesamten Text auf einen Zettel und hängte ihn an ihren Toilettenspiegel.

Ein Mann stieg im Bierzelt auf einen Tisch, hielt mit ausgestrecktem Arm seinen Bierkrug in die

Höhe, lächelte in die Runde, streckte den zweiten Arm auch noch aus und rief: EIN PROSIT DER GEMÜTLICH… als er das Messer in den Rücken bekam.

Der alte Schauspieler muss nicht mehr spielen, kann wieder sein, wie er war. Vorausgesetzt, dass er noch ein paar Eigenheiten beibehalten hat.

Im Traum: Ein frisch operierter Patient, breitbeinig vor einer Klinik hin und her schwankend.

Das Leben ist gewöhnungsbedürftig. Man darf nicht aufgeben. Egal, was auch geschieht.

Sie lächelte einem Fremden zu, mehr nicht. Ihr Freund benahm sich daraufhin, als hätte sie ein

Verbrechen begangen. Sie lächelte
einem Fremden zu.

Vorwurf: Er bezahlte das Ben-
zin. Übernachtung. Trinkgeld.
Was noch? Eigentlich die ganze
Reise!

Ein zufriedener Mensch?

Was gäbe es Schöneres auf der
Welt!

Die Liebe?

ALLEIN UNTER MENSCHEN –

Ein Mann mit Schnurrbart, dem
keiner traut.

Ob jung oder alt, er sieht in jedem
einen Dummkopf, Rivalen oder
Feind.

Mit einem Wort ein Wort erklären.

Man glaubt immer nur das, was es nicht ist.

Kein Lächeln, kein Dank für das, was er für sie getan hat.

Sie hat nur spöttisch gelacht.

AUF DEM PHILOSOPHENWEG –

Er fühlte sich wie zu Hause. Die Umgebung erschien ihm plötzlich so, als wäre er schon einmal hier gewesen.

Lebensfreude, vollkommenes Glück!

Der Alte behauptete, er habe in seinem Leben sechstausend Bücher gelesen, sei aber kein großer

Leser gewesen.

Die großkotzige Spende des Milliardärs für eine Behindertenschule rechtfertigt nicht das Ausspionieren der Menschen.

Alles tut ihm weh, wenn er an ihn denkt.

Die Sprache als Waffe.

Das abgelutschte Wort:

Fulminant!

Grandios!

Gigantisch!

DIE VATERROLLE –

Der Vater fragte, magst du keine

Bratheringe? Der Junge wusste nicht, was er antworten sollte, weil er keine Bratheringe mochte. Worauf er gefragt wurde, interessiert dich im Fernsehen nicht das Eishockeyländerspiel Deutschland gegen Russland? Er wusste nicht, dass es dabei um die Weltmeisterschaft ging, er wusste nur, dass der Vater ein großer Fußballnarr war. Wieso interessierte er sich dann für Eishockey?

Er ging in seiner Heimatstadt durch eine schnurgerade Straße. Am Horizont erschienen zahllose Wolken. Er versuchte, sie zu zählen, doch es gelang ihm nicht. Er kümmerte sich nicht weiter darum, freute sich auf die Mutter zu Hause. Soweit er sich erinnert, war es ein ungetrübter Tag.

Die neuen Geschäftemacher. Wie lautet das amerikanische Wort dafür? Ein Dialog ist nicht möglich mit ihnen, sie verharren auf ihrem Standpunkt, bestimmen, ordnen an, geben keine klare Auskunft, gehen nicht auf die Kundschaft ein, die sich das auch noch gefallen lässt!

Pflanzen wir jetzt nur noch gelbe Rüben an, weil sich die roten nicht mehr lohnen, oder streichen wir sie einfach gelb an, weil in der nächsten Minute sich womöglich alles ins Gegenteil dreht? Ihr wollt die Rechte für euch behalten, sie aber nicht verwerten. Alles wird an ein Wenn gekoppelt. DANN – NICHT JETZT, wo es an der Zeit wäre, erst wenn das geschehen ist, was nach Ablauf des Vertrags eintritt. Die künstlerische Tätigkeit wird untergraben, nicht erwähnt, die Zeichnung des Autors nicht akzeptiert. Ihr bestimmt, was gut ist oder schlecht, versperrt den Weg, stellt Bedingungen, gebt auf eine klar definierte Frage keine Antwort. Macht aus einer Abmachung eine einseitige Sache!

VORSATZ –

Mit Worten einen Schutzschild errichten.

Sich schützen mit einem Wort!

HANDBUCH ZUM GLÜCK –

01. Gib dich unscheinbar, geheimnisvoll. 02. Schreib tausend Seiten, die keiner versteht. 03. Geh dreimal ums Haus. 04. Erwarte nichts. 05. Misstraue dir selbst. 06. Liebe

alle Menschen. 07. Sag niemandem, was du denkst. 08. Weißt du, was wichtig ist für dich? 09. Alles ist wichtig. 10. Wer bist du? 11. Alle wissen es. 12. Höre nicht auf die andern. 13. Tu es trotzdem. 14. Womit verdienst du dein Geld? 15. Welches Geld? 16. Bist du ehrlich? 17. Warum nicht? 18. Glaubst du, es interessiert sich jemand für dich? 19. Weil du jung bist? 20. Hast du Hintergedanken? 21. Antworte erst nach einer Gegenfrage. 22. Hast du Ambitionen? 23. Welche? 24. Wie sprichst du deinen Namen aus? 25. Warum? 26. Lass immer eine Frage offen. 27. Wie fühlst du dich? 28. Was willst du? 29. Wie viel Geld hast du auf der Seite? 30. Beantworte alle Fragen. 31. Bist du immer allein? 32. Wo wohnst du? 33. Wie alt bist du? 34. Fang noch einmal von vorne an!

Es wurde noch nie von jemandem
versucht. Es ist noch nie von jemandem versucht worden. Bis
jetzt hat es noch niemand versucht. Es wurde noch nie versucht.

Heute habe ich den alten Baum
besucht. Es geht ihm nicht gut.
Verwelkte Blätter, abgebrochene
Rinde. Ich hätte ihn fast nicht wie-
dererkannt. Auch wenn ich hier
nicht zuhause bin, bleibt er mein
bester Freund.

Als ich noch jung war, ging
ich über die Felder meines
Heimatortes, barfuß und un-
bekümmert. Ich spürte die
Erde unter den Füßen und
kannte alle Nachbarn. Das war
damals nichts Außergewöhn-
liches für mich!

DER KRITIKER –

Jetzt sag mir doch erst einmal, wie
du dein Werk einordnen willst,
was es ist? Es hat ja noch gar nicht
begonnen, sagte der Künstler. Kri-
tischer Realismus? Impressionis-
mus? Symbolismus? Expressionis-
mus? Der Künstler zuckte die
Achseln. Nichts von alledem also,
sagte der Kritiker.

Auch meine Frau will, dass ich
will, was sie will, und wenn es
sein muss mit aller Gewalt.

Die Leute sind nicht aufrichtig,
niemand ist aufrichtig – hast du
etwas Anderes erwartet?

DIE WAHRHEIT –

Seit er erwachsen ist, kämpft er.

Leichtsinnig, unschlüssig, immer
kurz vor der Perfektion.

Er kriegt die Kurve, das weiß er,
nur bis es so weit ist, ist es ein
Schmerz, ein Krampf, nichts,
nichts, nichts!

Der Starke zieht die Schwachen
an, nicht umgekehrt.

NICHT ZU ENDE GEDACHTE
SÄTZE –

Es heißt, weltweit befinden sich
sechzig Millionen Menschen auf
der Flucht. Wenn dem so ist, bin
ich der sechzigmillionenunderste.

Während die Frau im Biergarten
Kreuzworträtsel löst, schreibe ich
Worte (und Wörter) ins Notiz-
buch.

Gehen. Hören. Wissen. Loslassen.
Sprechen. Glauben. Aufstehen.
Hinsetzen. Prüfung. Vertrag.
Fortschreibung. Sprache. Treffen.
Übergang. Länder. Abbau. Ver-
zicht. Pläne. Verzögerung. Abtren-
nung. Unter. Schrift. Protokoll.
Vorwurf. Mensch. Chef. Kom-
mando. Kinder. Frauen. Alte. Par-
tei. Männlich. Fragen. Vier. Jahre.
Bestrafung. Beschwerde. Grenze.
Offener. Vollzug. Entlassung. Un-
gerecht.

DEUTSCHSTUNDE –

Ich schreibe, um mich von meinen
Gedanken zu befreien.

Unfall. Ursache. Verabschiedung.
Gemeinsam. Abbau. Diskussion.
Marathon. Heimat. Denk. Pause.
Regierung. Zusammenarbeit. Sen-

kung. Klausur. Replik. Verhältnis.
Richtlinien. Externe. Moderne.
Flexibel. Beratung. Verträge. Ver-
antwortung. Umfang. Entscheidung.

Beratung. Richtlinie. Vorsätzlich.
Transparenz. Ordnung. Mode.
Konsequenz. Geheime. Verhand-
lung. Anstoß. Verzicht. Ankün-
digung. Zeitgleich. Versprechen.
Friedlich. Entscheidung. Uralt.
Proleten.

Wenn es darauf ankommt, werden
Fremdwörter und Kürzel verwendet.

Säkularisation. Okkupation. Rek-
rutierung. Genozid. Zionismus.
Gentrifizierung. Femizide. Ero-
dieren. KI. Epochal. Euphemis-
mus. Antisemitismus. Branding.

Exegese. Spotify. Populismus.
Editor. Merchandising. Erratum.
Brainstorming. Homebanking.
Mesalliance. Radeon. Security.
Cortana. Narzissmus. Toxisch.
Multiple Joys. Makerspace. Dis-
sense. Emeritiert. Rekrutiert.
Topos. AI. Flow. FAQ. Campus.
NGO. Prosperierend. Apokryph.
Deportieren. Internieren. Prä-
misse. Game Bar. AG. System.
Ethnographie. Nero. GWO. Real-
tek. Rekurrieren. Xbox. Coming-
of-Age. Outdoor Clothing. Beanie.
Omnipräsent. Follower. RGV.
Exekutive. Legislative. Hoodie.
Quintessenz. Space Dyed Streaks.

AUFKLÄRUNG –

Wie gesagt, sagte sie, als der Mitarbeiter vom Wertstoffhof über die
Straße ging.

Wertvolle Stoffe?

Was noch?

Ich bin eine gutaussehende Frau.
Habe zwei Kinder und einen er-
folgreichen Mann zuhause!

Wie geht es euch denn so mit den
Kindern?

Wenn sie MAMA rufen, wird es
herzzerreißend.

Mehr sage ich nicht.

Und wie geht es weiter?

Endlos. Simultan. Entscheidung.
Kammer. Gericht. Förderer.
Ethos. Zustand. Essenz. Friedlich.
Höhen. Flugzeug. Festsetzung.
Wechsel. Verlust. Diametral. Auf-

stand. Preis. Wert. Reisen. Experten. Profan. Einführung. Solo. Reich. Stark. Post. Reform. Transzendent. Urban. Usuell.

Wiederholungszwang. Glaubwürdig. Beschränkung. Versprechung. Streuung. Netzaktivist. Echtzeit. Produktdesigner. Ambivalenz. Raute. Raupe. Symbole. Warteschleife. Standardliste. Paragraphen. Unbestimmbarkeit. Textkorpus. Wissensstand. Aufarbeitung. Fehler. Maximale Streuung. Politischer Aktivismus. Kampagnen. Hier. Vernetzung. Jetzt.

FRAGE –

Wo sind Sie zu Hause?

Fragen, die niemanden interessieren.

Neue Probleme.

Was wären wir ohne sie?

Postings.

Kontext. Adressaten. Gewähr-
leistung. Abschied. Nivellierung.
Ozeane. Austausch. Konvertier-
barkeit. Indien. Australien. Müll.
Trennung.

Man darf sich nicht alles gefallen lassen.

Zuhause bin ich bei mir
selbst.

Große Künstler kennen das
Leben, verfälschen es nicht.

Er hatte nichts zu sagen, sagte es
aber nicht.

Mach ein Geräusch, mach dich sichtbar.

Bemerkbar!

Akkumulierungsdrang. Sexualisierte Gewalt. Kirchen. Religionen. Papst und Konsorten. Willst du die Geschichte hören?

In der Lüge steckt die Wahrheit.

Und wie heißt die Lüge?

Institution. Verwaltung. Wartung. Gemeinschaft. Offenheit. Freie Nationen. Bestätigungen. Libyen. Als Beispiel. Außen. Innen. Vereinte Länder. Blitzbesuche. Streit. Kräfte. Geh. Rechte. Sache. Einzel. Handel. Streichung. Stopp. Kürzung. Warm. Anziehen. Sparen. Einheitlich. Zu. Spruch.

VERBESSERUNG –

Ich bin nicht so wie du.

Ich bin schon weiter!

Aber du warst doch der Gescheite
in der Schule.

Hast alles besser gewusst.

Alles!

Schlangenbeschwörertrick.

Ist das richtig?

In der Spielstraße spielen keine
Kinder.

Sie tun nur so.

Und wie heißt das Spiel?

Provozieren!

BEWEISE –

Hat der Politiker vor seiner Villa
nicht sämtliche Bäume gefällt?

Versehentlich, heißt es.

Der Nachbar behauptet, es sei
heimlich geschehen.

War der Stadtrat dafür?

Keine Ahnung.

Irgendwas wird schon dran sein.

Die Zeitung hat auch darüber be-
richtet.

Da waren die Bäume aber schon
gefällt!

Ich weiß von nichts.

Ich rate dir, leg dich nicht mit dem an!

DAS FALSCHE WORT –

Obwohl sie an der Regierung
sind, kannst du ihnen nicht trauen.
Doppelbesteuerung. Und nicht
zur Veröffentlichung Bestimm-
tes wird veröffentlicht.

Was sind das für Mörder?

Lass mich überlegen.

Haben die nicht die Finanzkrise
angezettelt?

Briefkastenfirmen.

Die heißen jetzt anders.

Und wie lautet das Kennwort?

LIEBE –

Scheuer Blick, blondes Haar.

Aktenkoffer in der Hand.

Morgen gibt es auch noch ein Übermorgen, sagt sie, während er sie besteigt.

Zum Lunch Sp7?

Ich schäme mich fast schon dafür, ja, aber es schmeckt mir so!

NOCH EIN BEWEIS –

Wer ist verantwortlich?

Ich habe es gerade erklärt.

Der Mörder steckt in der Zeitung.

Im Internet!

Nur die Alten machen sich noch
Gedanken.

Es könnte ja was passieren.

Genau.

Was machen wir dann?

ERTAPPT –

Als man ihn fragte, was zeichnest
du?

Hat er gesagt: Gedankenstützen.

Wie lange dauert sowas?

Keine zehn Minuten.

Dafür gibt es laut (unveröffent-
lichter Studien) keinen Markt.

Meine Kunstwerke sind zeitlos.

Vertane Zeit!

Das Komplizierteste, was es gibt
auf der Welt.

Das glauben wir nicht. Von mir
aus, dann gibt es auch keine
Schafe mehr, keine Kühe, und
Bergziegen schon gar nicht.

Alles der gleiche Käse?

Genial, eines Tages wird man sich
reißen um dich!

Noch ist es nicht so weit.

Hier leben die Großen. Hier sind

sie unter sich. Hier zeigen sie nicht alles. Tun so, als wärst du ihr bester Freund, auch wenn du ihr Feind bist.

Der Oberbürgermeister lebt auch hier.

Denkt zuerst an sich selbst.

Er denkt nur an sich selbst!

DIE NEUEN WÖRTER –

Sondervermögen.

Wie heißt das im Ausland?

Ohne Fragezeichen.

Akronym.

ACAB.

Crowdfunding-Projekt.

1312.

FHD.

Namedropping.

HDMI.

Challenge.

UNTER STÄNDIGER BEOBACH-
TUNG –

Von den Alten kann man noch
was lernen, sagte der Erste, trotz
Computer. Rentner brauchen wir
nicht, der Zweite, sie sind un-
bezahlbar. Rente gibt es nicht
mehr.

Alles klar?

Italiener, die ihre Sätze melodiös
im Tonfall nach unten beenden.
Während der Deutsche oben wei-
tersingt.

Frauen mit Kopftüchern.

Eine Sprache, weit weg von dir.

Natürlich haben die anderen Fehler gemacht, sagen es nur nicht!

Sie überholen dich mit ihren
E-Bikes und klingeln nicht mehr!

Gestern hat es schon gekracht.

Da ist einer in die Bahnschranke
geknallt.

Muss man das bedauern?

Ja!

Sonntag ist schlecht, heißt es.
Sonntag ist der Tag schlecht-
hin.

WEITER –

Drei Frauen gingen vorbei.

Und was gab es vorher?

Vorschriften und Regeln, Kuschen
und Ducken, Unterordnen, nichts
sagen dürfen als Kind.

Es hätte ihn beinahe vernichtet.

VERHÖR –

Gerne würde er die Kantaten und
Motetten in einer Instrumentalfas-
sung hören. Auch die Gesangspar-
tien aus der h-Moll-Messe von
Johann Sebastian Bach.

Das wäre eine Freude für
ihn.

Das glauben wir nicht.

Auch Mörder sind Menschen!

EINMALEINS –

Der Schrei. Ein Mordswort. Kom-
missare. Verbindungen. Untergeo-
ordnet. Erfunden. Tatsachen. En-
gelsgeduld. Finger weg. Unterstützung. Aufenthalt. Erpressung.
Herkunft. Zukunft. Ankunft.

EUPHEMISTEN –

Konklave. Enklave. Eremit.
Obolus. Kollekte. Sachzwänge.
Systemrelevant. Diversität.
Verschwörungstheorie. Errata.
Synode. Synagoge. Kruzifix.

Evangelium. Kardinal. Bischof.
Fluchtpunkt. Widerspruch. Bauch.
Haus. Hof. Spaziergang. Vor. Mit-
tag. Abschied. Gras. Fläche. Groß-
artig. Einzigartig. Sprachgewaltig.
Feinsinnig. Sachkenntnis. Haus-
halt. Augenblicke. Gefühle. Ret-
tung. Anwalt. Angst.

Krypto.

WEF.

ZUKUNFT –

Er ist in seine Heimat gefahren.
Die schnurgeraden Straßen und
die Birken haben ihn überwältigt.
Vor allem die schwarze Erde!
Er wollte einen Sack voll mit-
nehmen für das Grab seiner
Mutter. Hat es aber dann doch
nicht getan.

WAS DER GEFANGENE DENKT –

Verschlungene Wege. Gestohlen.
Schweinereien. Biologisch. Die
Trennung. Das Luder. Die Sau.
Fastenzeit. Jahre. Kinderzeit.
Urlaub. Freiheit. Kassensturz.
Sprössling. Jäger. Schnee. Purzel.
Baum. Lawine. Bedrohlich. Ab-
schied. Trennung. Hurtig. Engel.
Verführung. Umgekehrt. Enthalt-
same. Drohung. Turnen. Azubis.
Lehrling. Ein altes Wort. Schwer
zu bewegen. Aktivitäten. Süßer.
Mund. Rosa. Entscheidungen.
Mehrheit. Beschluss. Kuratorium.
Ausschluss. Verbrechen. Firmen.
Vergangenheit.

Die Frau am Nebentisch sprach
sehr leise, sodass er sich wieder
ungestört seinen Problemen wid-
men konnte.

Die einen sitzen vor dem Fernseh-
schirm.

Andere starren auf ihr Handy.

FRAGEN –

Wer?

Wann?

Was?

Wieso?

VERHÖR –

Im Notizbuch steht: Was du auch
tust. Es ist egal. Was bleibt. Was
zählt. Es spielt. Keine Rolle. Was
nicht zählt. Zähl es zusammen.

Tu es!

DIE ANTWORT –

Computer?

Nein!

Auto?

Nein!

Handy?

Nein!

Wie überlebst du die Zeit?

GRUPPENZWANG –

Stark nur gemeinsam.

Rücksichtslos.

NOCH EIN BEWEIS –

Die Frau nannte ihn Hansi. Sein Freund Johannes. Die Frau hielt schon seit Jahren nichts mehr von ihm. Warum, das wusste er nicht. Der Freund hieß Franz. Aber Hans sagte nur Franzi oder einfach (jovial von oben herab): Wie geht's?

GELASSENHEIT –

Wenn er ihn sieht, denkt er an nichts Besonderes.

Warum?

Das habe ich gerade erklärt!

GERÄUSCHE IN DER NACHT –

Urteil. Spruch. Besitzstandswahrung. Nachtblindheit. Leiber. Weiber. Zweierdreier. Haufenweise.

Bis hierher. Nicht weiter. Erniedrigung und Zuversicht.

Er sagte: Ich habe jemanden gefunden, eine Frau. Und – hat sie noch alle Zähne?

Vorstellung von einem Künstler, der sich jedes Mal beim Versuch, eine Suppe zu kochen, die Finger verbrennt.

Der einsame Mann holte am Strand seinen Mittagsschlaf nach, verpasste dabei die Sexbombe. Ein Weib, von dem Männer unglaubliche Geschichten erzählen. Um ihn zu ärgern, sagen sie: Direkt vor dir ist sie stehen geblieben.

Anfangs verschwand er noch im Hotel oder im Toiletten-

häuschen neben der Straße.
Bis er merkte, dass die Badegäste ins Meer gingen, plötzlich
stehen blieben, eine Zeitlang
nur in eine Richtung schau-
ten.

FREMDE WÖRTER –

AXIOM (= Grundsatz).

AB AETERNO (= seit langer Zeit).

Seit einer Ewigkeit.

KAKOPHONIE (= schlecht klin-
gende Laut- und Wortfolgen).

Der unnütze Regisseur.

Vergewaltiger der Sprache.

ANZEIGE –

Impertinenz (Unverschämtheit,
Frechheit, Unverfrorenheit,
Ungezogenheit, Schamlosigkeit,
Beleidigung, Zumutung, Dreistig-
keit, Chuzpe, bodenlose Frech-
heit).

Ich weiß, sie sind zerstritten,
tun so, als wäre alles in Ordnung.

Er wurde als Kronzeuge geladen,
ging aber nicht hin.

WEGWEISER –

Man darf nicht schwächeln, hat
die Fau gesagt. Gesundheit ist
wichtig!

Er wollte mit ihr nichts zu tun
haben. Aber ein Mann ohne Frau
ist nichts.

UNBERECHENBAR –

Ich bin bereit zum Herabwürdi-
gen. Ich bin bereit zum Untertau-
chen. Ich bin bereit zum Ergän-
zen. Ich bin bereit, umzuladen. Ich
bin bereit, umzuleiten. Ich bin bereit zum Verjagen. Ich bin bereit
zum Ablenken. Ich bin bereit
zum Nachlaufen. Ich bin bereit
zum Hinterhergehen.

CHARAKTER –

Er behauptet, es gibt niemanden mehr, der etwas aus Liebe
tut.

Das dürfen Sie mir glauben.

Ich weiß.

Ich kenne ihn.

KRITIKER –

Dass die Besserwisser seine Geschichte mit dem Roman eines Weltliteraten in Verbindung
brachten, erschien ihm schleier-
haft. Wahrscheinlich, um ihn zu
beschämen. Oder zu loben? Letz-
teres glaubte er nicht, weil jeglicher Hinweis darauf fehlte. Daraufhin hat er ein paar Seiten aus
dem Roman dieses Weltliteraten
noch einmal gelesen, wusste jetzt
auch, warum er ihn damals abgelehnt hatte. Er glaubte ihm nicht,
seine Wehleidigkeit kam ihm zu
gescheit vor.

Was Besserwisser nicht mögen:

Mit einem Handwägelchen fahren.

Den Krückstock vergessen.

Nicht das Wort GENDER verwenden.

KUNSTMEILE –

Ich lebe zurzeit in der Hölle.

Nochmal, bitte!

Der Ort heißt wirklich so.

Kunstmeile?

Die gibt es doch schon in jedem Kaff.

Aber nicht so eine Cliquenwirtschaft!

Die Gurke darf wieder krumm sein.

Stimmt.

Als ich noch jung war, wollte ich
alt sein.

Reif.

Produktiv.

Nicht spitzfindig.

Das ekelerregende Wort:

FOODTRUCK!

Zwei Schwule auf einem Pla-
kat.

Darf man das sagen?

Sie haben sich schon geou-
tet.

Sind verheiratet.

Wer von beiden bekommt die
Kinder?

Ich schließe die Augen, mache sie
nicht mehr auf.

Ich meine ja nur!

Jeder holt sein Handy aus der
Tasche (oder hat es schon in der
Hand), weil der andere auch sein
Handy in der Hand hält.

Der Herr Oberbürgermeister sagt:
Hier sind sich alle einig!

Solange in der EU das Einstim-
migkeitsprinzip gilt, die Mehrheit
nichts zu sagen hat, werden der
EU weiterhin ein paar Mitglieds-
länder auf der Nase herumtanzen.

ÄNDERE, WAS DU ÄNDERN

KANNST –

Aber nicht mit Gewalt!

Er war von oben bis unten
tätowiert.

Na und?

EINE FREUDE –

Ist es nicht schön, von jemandem
gegrüßt zu werden, der dich bereits von Weitem erkannt hat?

Der unverstellte Blick!

Die Frau vom Nebentisch erin-
nerte ihn an die Nachbarin, die
böse, die gehässige. Aber die Stimme hörte sich ganz lieblich an.

Bloß keine Schwäche zeigen!

Verachtung (= Angst).

KINO –

Kinobesuche waren wichtig für
ihn als Heranwachsenden. Es gab
damals nichts als Fußball. Großes
Kino war da nicht. Vielmehr Cow-
boyfilme, wo Schurken vor der
immergleichen Lichtung verfolgt
wurden. Mit den immer gleichen
Pferden. Und mit der immer gleichen Hintergrundmusik.

Er erinnert sich an einen Fernseh-
film, der spätnachts ausgestrahlt
wurde, vielmehr an die Musik.
In dem Film M – EINE STADT
SUCHT EINEN MÖRDER wurde
eine Melodie gepfiffen. Sehr eindringlich, aber auch meditativ
(obwohl er dieses Wort damals
noch nicht kannte). Die Melo-

die stammte, wie er später erfuhr, aus der PEER-GYNT-SUITE VON EDVARD GRIEG.

Ansonsten gab es Sport, Spiel, Spannung. Das Pferd Fury. Amerikanische Filme. Fuzzy. Lassie. Und Tarzan. Vor allem an LIANE, DAS MÄDCHEN AUS DEM URWALD (das im Film fast nackt zu sehen war) erinnert er sich. Sportsendungen gab es im Fernsehen. Im Radio das Wunschkonzert, moderiert von Fred Rauch. Den Amisender: American Forces Network. WALK ON BY heißt der Titel von LEROY VAN DYKE, der auf diesem Sender fast täglich zu hören war.

Er war keiner, der schon als Junge Gedichte geschrieben hätte, der Herr Oberlehrer hatte zwar in der

Schule immer aus einem Buch vorgelesen, das etwas Besonderes war für diesen Lehrer, das hatte man hingenommen, ja, eine wahre Geschichte, ein Bericht über einen Flugzeugabsturz war das, da hatte man brav zugehört, es gab aber keine Kritik dazu, das war gar nicht möglich.

Und die kleinen schmutzigen Mädchen?

Mit denen hatte er nichts zu tun!

Zerrbilder.

SCHULE –

Erst durch Kritik kommt man weiter, durch Fragen, Ergänzungen, es wurde damals schon dafür gesorgt, dass man keine Fragen stellte, es wurde alles unterdrückt, was das eigene Leben betraf, sehr früh, und es hörte ja nicht auf, es wurde von Schülern verlangt, dass sie sich hineinfühlen in einen Künstler, Kinder in der dritten Klasse waren das, denen man ihre eigene Fantasie zuschüttete, da wurde etwas verlangt, was noch gar nicht vorhanden war, eine wirklich musische Begabung wurde nicht gefördert, dafür aber sehr wohl Personen, die um drei Ecken denken konnten.

Zeugnisse und Hosenspanner, Erniedrigungen, rote Striche im Aufsatzheft und Tatzen.

Ein Satz, der ihn verfolgte:

ERST DENKEN, DANN RE-

DEN!

Und die kleinen schmutzigen Mädchen?

Erich und Eduard haben es gemacht!

Er hat nichts angefangen mit denen.

Weil es verboten war. Aber sie wollten es!

Und die Zeichnungen?

Er behauptete: Ich bin kein Schmierfink. Meine Zeichnungen sind zeitlos, haben mit der Realität nichts zu tun, sind nicht an die Natur gebunden. Ich arbeite nicht wie die Chiemseemaler, bei denen jeder Strohhalm natürlicher erscheint als die Natur.

FEUER UND FLAMME –

Badegäste strömten ins Wasser.
Familien mit und ohne Babys.
Fliegende Händler, Bettler, selbst
die Eisverkäufer waren nicht mehr
zu sehen.

Er hatte sich in die dicke Frau ver-
knallt, machte ihr eine Liebeserklä-
rung, begann zu singen, warf sich
auf den Boden, dass sie erschro-
cken hochfuhr, schützend ihre
Hand vor die Brust hielt und rief:
Ein Verrückter zuhause reicht
mir!

Er schrieb ihr.

Kurze.

Lange.

Unerhörte Briefe.

BESÄNFTIGUNG –

Es heißt: Der Leser wird in die
Suche nach der Wahrheit mitein-
bezogen.

Ohne vorgehaltene Pistole.

Ich habe kein Facebook, kenne
aber negative Freunde, die mich
positiv unterstützen.

Wer nicht handelt, steht kurz da-
vor. Es heißt: Du musst dich erst
selbst vernichten, um andere zu
treffen.

NEUJAHR –

Das Haus geputzt. Bürozimmer ausgeräumt. Tisch, Stuhl, Regal gereinigt. Auf den Knien den Laminatboden gewischt. Zimmer gelüftet, mit Räucherstäbchen geklärt.

Und was ist dir dazu eingefallen?

EINWEGGEDANKEN –

Namen!

Johannes heißt er und war mal ganz was Wichtiges im Leben. Ich erkannte die Nummer bereits am Telefondisplay, sagte ohne Gruß: Es gibt keine Geheimnisse mehr auf der Welt!

Das Enkelkind will Computer spielen, weiß bereits, wie man eine

Computermaus bewegt. Flatrate, sage ich, ISDN-Anschluss. Es spricht deutlicher als der Demonstrant, der am Marktplatz einen Vortrag hält (über Mikrofon), aber keine griffigen Argumente hat, nichts Eindeutiges. Er sagt, was jedermann weiß, bekommt auch noch Beifall von seiner Anhängerschaft.

MILLIARDENMÖRDER –

Maskenbildner, kennst du etwa diese vorinsolvenzlichen Restrukturierungsverfahren nicht? Auch nicht diese Dumpingunternehmen? Schneeballsysteme? Kennst du das World Economic Forum? Strukturwandel? Great Reset? Palladium? Internetdesigner?

Ich kenne sie nicht.

DER SCHWUR –

Ich habe den Artikel 56 des Grundgesetzes für die Bundesrepublik Deutschland nicht geschändet.

Ich habe die Politiker nicht geschändet.

Nicht den Blender.

Den Schwerverbrecher.

Nicht den Mörder.

Ich habe niemanden geschändet.

So wahr mir Gott helfe!

WAS WICHTIG WÄRE –

Besitzstandswahrung.

Sich an die Regeln halten.

Vergleiche:

Blau wie der Himmel.

Schwarz wie die Nacht.

Rabenschwarz!

Klar und deutlich, sagte die Mutter zum Kind. Du musst immer klar und deutlich sprechen! Das sagte sie auch vor dem Bankangestellten.

Am Eingang war zu lesen: Technische Umstellung in allen Filialen! Daneben: Deutsche, esst deutsche

Bananen!

Negativzinsen.

Aber der Mörder befindet sich
nicht in der Bank. Nicht in der
Buchhandlung. Nicht im Biergarten.

Der Mörder hat mit der Vergan-
genheitsform nichts zu tun.

BEWEISE –

Kaum hatte er sich hingesetzt,
holte er sein Handy aus der Tasche.

Du musst an dich glauben.

AN DIE ALLWISSENDEN!

DUMMDREISTEN!

ALLESKÖNNER!

Bist du freundlich zu den Leuten, halten sie dich nicht mehr für ganz dicht. Bist du ernst, verachten sie dich.

Es wurde still am Tisch, da fing jemand zu lachen an.

Wissen Sie, was eine Dread-Disease-Versicherung ist?

Noch Fragen?

Ja!

Was wären denn das für Leute, die einem Kindsmörder verzeihen könnten?

Er antwortete auf ihre missverständlichen E-Mails unmissverständlich, sodass sie, ohne sich zu verhaspeln, nicht mehr antworten konnten.

Nach der ausgelassenen Volkstümelei hatte er die wohltuende Grenze erreicht, die da lautete:

Nichts mehr gelten lassen, außer sich selbst!

Erst ein distinguiert neugieriger, dann ein übertrieben freundlicher Blick.

Einer, der alles kann.

Was bedeutet das?

Schau ins Internet!

GEGENÜBERSTELLUNG –

Er behauptet: Die Anderen haben es mir eingeredet.

Die Anderen: Nein, wir nicht!

FORTSETZUNG –

Haben Sie heute schon geatmet?

Selbstverständlich.

Ganz bewusst?

Sonst noch jemand?

Die Fleischverkäuferin.

Die Gleichgültige.

Nachlässige.

NACHTRAG –

Fröhliches Mädchen, warum so traurig?

Ich muss mich beeilen, dass ich den Zug noch erreiche.

Dann beeile dich!

MEMENTO –

Der Satz lautet: Bist du schon digital oder lebst du noch?

Fehler!

Anständige Frauen hassen die Anständigkeit.

Sie spielen mit ihm, doch er glaubt ihnen nicht.

Ist sichtlich erregt.

Beobachtet sie beim Beobachten.

Er glaubt auch nicht den Internetanbietern, die behaupten, sie würden seine Privatsphäre akzeptieren.

Ist das alles?

Es dämmert, frischt auf, wird kälter.

FUSSBALL –

Als er im Lokal ein ruhiges Plätzchen gefunden hatte, fingen hinter ihm ein paar Männer zu reden an.

Lautstark.

Es ging um Fußball.

Kein Elfmeter!

DER WEG ZURÜCK –

Er hat seine Jacke vergessen.

Geht zurück ins Lokal.

Als er wiederkommt, ist der Biergarten voll mit ausländischen Touristen.

Ich habe nichts gegen Ausländer!

Hier geht es um Touristen.

Mit fünfundzwanzig war ich noch nicht so weit, mit dreißig auch nicht, mit vierzig fing mein Leben an, dann war ich plötzlich siebzig!

Als er wieder zu schreiben begann, beobachtete ihn eine Frau, als würde sie ihn nicht beobachten.

Habe ich unerfüllte Träume? Wer möchte ich sein? Der Junge neben dem alten Mann? Ein Leben ohne Hindernisse gibt es nicht. Der Plan ist vorhanden, aber ich kenne ihn nicht.

Der Kindersitz neben der Frau war zu hoch angebracht. Und gleich fing das Kind zu schreien an.

Gibt es einen Weg zurück?

Ist das wichtig?

Man darf nicht ungeduldig werden.

Wann warst du zuletzt ungeduldig?

Man muss sich fügen!

Die Frau redete unentwegt, auch beim Essen. Er wusste nicht, wie sie das fertigbrachte.

Hier grüßen sich alle, ohne etwas zu sagen, weil sie dabei auf ihr Handy starren. Allein der Dachdecker auf dem Haus gegenüber macht es noch wie ein Dachdecker. Er ist nicht gesichert, geht freihändig. Wie zwei Menschen, die sich verstehen.

Und sonst?

Masken.

Verzerrte Gesichter.

Noch was?, fragte die Bedienung.

Er dachte sich nur seinen Teil,
sagte nicht:

Ich würde dich gerne mal flachle-
gen.

Kaum hatte sich der Fremde an
den Nebentisch gesetzt, bekam er
sein Bier!

Ein paar Kinder erschienen, liefen
kichernd um den Tisch herum und
verschwanden.

Worauf er zwei Frauen bemerkte,
die freudig aufeinander zugingen,
sich umarmten und lachten: Ist
das aber schön!

Die Bedienung war vor ihm stehen geblieben und räusperte sich.

Dabei dachte er: Erst wenn es die Frau, die böse und gehässige, nicht mehr gibt, geht es mir besser!

Was du liebst, liebst du nicht, es ist ein Wunschbild von dir, die Menschen sind keine Menschen, dumm und eingebildet, kein Funken Verstand, der wird verwechselt mit finanziellem Reichtum, jeder will reich sein, bis alles zusammenbricht, was du siehst, sind nur noch die Reichen, schämen sich nicht mal, wissen nicht, was das Wort bedeutet, ist es dir nicht aufgefallen, dein Leben geht vorbei, und die Milliardäre stürzen sich ins Nachtleben, säuisch, pervers, geben nichts zu, verheimlichen das Wichtigste, sind Meister im Vertuschen.

Willst du dich ändern, lausche auf

die innere Stimme: Nichts ist so,
wie es erscheint.

Als er bemerkte, dass ihn die Frau
wieder beobachtete, schaute er zur
Seite, tat so, als hätte er sie nicht
gesehen. Er schaute in ein Gesicht, das ihn an seinen früheren
Oberlehrer erinnerte. Und der
alte Mann vom Tisch gegenüber
kraulte nervös seinen Hund am
Kopf.

GEHEIMZAHL –

Er wollte zahlen, merkte jetzt
erst, dass er zu wenig Geld dabei-
hatte. Ein Bankautomat befand
sich gleich um die Ecke.

Er erinnerte sich nicht mehr an
die Geheimzahl. Erst als er mit geschlossenen Augen vor der Tasta-

tur des Bankautomaten stand, fiel
sie ihm wieder ein.

Auf dem Rückweg blieb er vor einem Zeitungskasten stehen und
las die Schlagzeilen:

KLIMAWANDEL!

DIÄTENERHÖHUNG!

CANNABIS IST GEFÄHRLICHER
ALS GEDACHT!

Die Bedienung wartete bereits am
Tisch. Er zahlte, trank sein Bier
aus und setzte sich wieder.

GRENZGÄNGER –

Was ich getan habe, ist nichts im
Vergleich zu den anderen, ich
schreibe auf, was ich denke, aber

die Gedanken machen, was sie
wollen, der Himmel erscheint
nicht immer gleich, beobachte die
Wolken, dann den Himmel bei
Nacht, und du kommst ins Stau-
nen, überall ist nirgends, das Wetter wird schöngeredet, Krawatten-
träger sieht man nicht mehr, es
geht viel zu schnell und jetzt habe
ich mich auch noch verrechnet, zu
sehr auf die andern vertraut, ich
gehöre nicht mehr dazu, die Leute
glauben, sie haben recht, ohne zu
fragen, aber die Hälfte ist einge-
zäunt in ein System, wie die Schule
im Osten, das Wort allein verlangt
schon den Westen, aber es ist gut,
dass ich nicht alles weiß.

FORTSETZUNG –

Wer den Schnee gefühlt hat, die
Böen, den Wind, das Lied der

Überlandleitung, wer das Leben
aus einer anderen Perspektive
kennt, der weiß, dass es nichts
gibt, außer der Welt, den Atem,
die Bewegung im Licht, in der
Finsternis, im Aufgang der Sonne, die duster wird und hell,
du hast keine andere Möglichkeit, wenn das Kind durch den
Schnee stapft, dann die Treppe
raufkommt, freut es sich, dass es
hier ist, im Licht der Sonne den
Mond sehen kann, die Blumen
und die Bäume, das Glücksge-
fühl, weil es geliebt wird vom
Leben, sich freut, auch wenn
jetzt draußen nur noch Schnee
liegt.

DAS WORT –

Der Schauspieler weiß nicht, was
Liebe ist, kennt die Liebe allein aus

dem Wörterbuch, spielt für den,
der gerade vor ihm steht, und der
Lobgesang des Publikums nimmt
kein Ende.

NOCH EIN BEWEIS –

Hunderttausend verdient der Ga-
nove im Monat, und ist schon infi-
ziert, später nennt er nicht mehr
seinen Namen, nur noch den der
Fernsehstation, kriegt eine Million
im Jahr für sein Geschwafel, wir
wissen es, bald gibt es nur noch
Geld statt Menschen, und wir unternehmen trotzdem nichts dagegen, Sympathie wäre wichtig, ist
aber ein Negativwort geworden,
ein Vernichter, ein Schlechtma-
cher, eine lange Liste folgt, und
schon ist das Thema beendet, das
Wort, leicht abgewandelt, jeder
weiß Bescheid oder auch nicht, je

nachdem, wer es hört oder aus-
spricht oder wer gemeint ist damit,
die Mühle gibt es nicht mehr, die
vom Bach bedient wird und umgekehrt, es lebt nicht mehr jeder von
jedem, der Fluss muss fertig werden mit dem Dreck, das ist aber
nicht das richtige Wort, Schleim
löst sich im Hals, denkt man, der
andere hustet, unmerklich dreht
sich die Welt, über dreihundert-
fünfundsechzig Tage, du bist
nicht allein, nur wenn die Ma-
schinen abgestellt werden, was
dann, du weißt nichts, niemand
weiß was Genaues, dafür werden weiterhin die uralten Lebens-
lügen erzählt.

AUFGABE –

Die Frage lautet: Hat sich dein Leben gelohnt, hat es sich erfüllt?

Hast du es gut gemacht oder schlecht? Worauf er antwortet: Frag du doch erst mal dich selbst! Frag du doch erst mal deine Nachbarn! Frag du doch erst mal die Welt!

Auf die Frage, warum er seinen Job gekündigt habe, erklärt er: Es wurde unerträglich, das Großraumbüro, und die giftigen Vorgesetzten. Ich bekam Tag für Tag immer mehr Arbeit zugeteilt! Bald mischte sich die McKinsey-Unternehmensberatung ein, und der Zynismus der Zentrale gegenüber ihren Mitarbeitern wurde unerträglich! Auf einer Großveranstaltung fragte eine Sekretärin, die sich auf Kredit eine Eigentumswohnung gekauft hatte, fast ängstlich: Wird es uns hier nach der Fusion noch geben? Worauf der Sprecher spöttisch antwortete: Natürlich wird es uns hier nach der Fusion noch geben!

HERAUSFORDERUNG –

Nicht zu bekommen, was man sich wünscht, und das, was man sich wünscht, zu bekommen, ist die größte Herausforderung. Du sollst klar und deutlich sprechen, mit Punkt und Komma, keinen Gedanken unterdrücken. Die Welt darstellen, wie du sie kennst, nicht wie sie ist, weil so wie sie ist, ist sie nicht. Mach es, und du wirst sehen. Es liegt an dir. Es ist deine Realität, deine Wahrheit, nicht die in den Köpfen der andern. Das wäre die Aufgabe. Sprüchemacher reden dir ein, du wärst noch immer der gleiche, aber das bist du nicht. Die Sache mit dem

Geld spare dir lieber. Alle wollen reich sein, und zwar so wie die wirklich Reichen. Aber die sind bereits die Gefangenen ihres Reichtums. Wie viele Menschen kennst du, die ein wirklich angenehmes Gefühl erzeugen in dir?

Mach keine Zugeständnisse, die du hinterher bereust. Kein Ja mehr zum Nein. Zu niemandem! Wenn es so ist, ist es so und nicht anders, selbst wenn andere das Gegenteil behaupten. Wenn du fühlst, dass es wahr ist, ist es wahr. Wenn es dich nicht betrifft, ist es Sache der anderen. Für alles wird es ein Nachspiel geben, aber nicht mehr im Sinne von Spiel.

BEWEISE –

Er fühlt sich nicht mehr zugehörig. Die anderen sprechen über Themen, die sie allein betreffen, flüstern und verschweigen, tun dabei so, als wollten sie ihn nicht belästigen.

Sie dulden keine Fremden.

Kein Wort, das etwas Anderes bedeutet. Er spürt die herablassende Art, misst ihr aber keine Bedeutung zu. Menschen ermordet man nicht mit dem Messer, man erniedrigt sie erst mit Sätzen und Anspielungen. Sätze, die nicht vollständig ausgesprochen werden, beweisen nichts, schmerzen dafür am meisten.

Das Gute und das Schlechte. Die Zubringer und die Hersteller. Die Subventionen. Das Muss und die

Vergeltung. Neid und Feindschaft.
Das Neue und das Alte. Die Un-
verständlichen und die Verständlichen. Die großen Gegensätze und
die kleinen. Verlierer.

Globalplayer mit festem Wohn-
sitz. Die Großen und die Kleinen.
Die Mächtigen. Hässlichen. Stol-
zen und Hochmütigen. Medika-
mente mit Beipackzettel. Kirchen.
Religionen. Inland. Ausland. Die
schön abgestellte Vergangenheit.

FRAGEBOGEN –

Wann bist du geboren? Was hat
dich geprägt? Wovon lebst du?
Hast du Vorbilder? Welche Vorbilder? Wo lebst du? Hast du
Angst? Wovor? Was hält dich
am Leben?

Er übergeht die Fragen, denkt nur:
Das Billige kann dich teuer zu stehen kommen. Die legalisierten
Mörder, Vertreter des Volkes, die
einen überwachen, unterdrücken,
abhängig und süchtig machen
mit Internet, Fernsehen, Apps
und Handys. Sie haben leichtes
Spiel.

KLAGEMAUER –

Sage ich Ja, sagen sie Nein.
Gelb wird Blau, Grün wird Rot.
Blau hebt das Zeitgefühl auf,
ideal geeignet für Träumer. Gelb
macht beweglich. Das glaubst
du nicht? Rot ist für junge
Leute, Kinder. Braun für die
neue Bewegung? Niemand
achtet darauf. Blau erscheint
größer. Nein, du musst es selbst
herausfinden.

Es dauert Jahre, bis das geplante
Gesetz durch ist. Dann wird es
mit einem Richterspruch für nich-
tig erklärt. Einspruch erhoben.
Braun, Rot, Blau, Grün. Wieso
nicht Rosarot? Rostbraun lässt keinen Stein auf dem andern. Auch
wenn dabei von Liebe die Rede ist.

Der Platz vor dem Haus. Der
Platz hinter dem Haus. Die Kin-
derschaukel, der Sandkasten. Ted-
dybär, wir haben noch keinen
Wasseranschluss! Uns gibt es noch
gar nicht! Der Nachbar beobachtet die Nachbarn. Kommen Sie
morgen wieder! Hier leben die
Alleskönner. Denk bloß nicht,
du könntest das nicht!

GEBROCHENES DEUTSCH –

Hashtag. Chiffre. Timeline.

Tweed. Keyboard. Touch. Diamantzeichen. Indexierung. Lizenz. Appellative. Indikatoren. Konferenzgenre. Mainstream. Antirationalität. Handgate. Rediscover. Leve Up. Diversität. One-Step Volumiser.

Er sucht keinen Anschluss, versteckt sich, wechselt das Lokal, liest die Speisekarte an der Eingangstür:

Hirschkalbsleber Berliner Art, Kartoffelpüree, Apfelscheiben & Röstzwiebeln.

Er las es noch einmal, und sogleich tat ihm das Hirschkalb leid.

Nachdem er einen Platz gefunden hatte im Lokal, stellte jemand sein Handy lauter.

Die Bedienung sagte:

Ich bin auch nicht von hier!

Sie schaute ihn fragend an. Und er wusste nicht, wie er darauf reagieren sollte.

Wofür haben Sie sich jetzt entschieden?, wollte sie wissen.

Worauf er bestellte, was er auf der Ankündigungstafel gelesen hatte.

Er musterte ein paar Gäste, die durch die Eingangstür kamen. Er schaute zur Seite. Doch dann glaubte er, unter ihnen jemanden erkannt zu haben, war sich aber nicht sicher, weil ihm sein Namen nicht in den Sinn kam.

VERGANGENHEIT –

Die Gespräche der hinzugekom-
menen Gäste hatten einen ernsten,
bedrückenden Ton, den er bisher
nur von seinem Vater kannte.

Sätze wurden angefangen, ohne
Zusammenhang vom Lachen
eines Kindes verschluckt. Ein
Nebensatz blieb stecken im
Bild einer Schaukel, ging
unter im Straßenlärm, wurde
verschluckt vom Rauschen
des Windes.

Ein vorlautes Mädchen sagte zu
dem bekannten Regisseur, der an
der Theke saß: Ich dachte, Sie
wollten mich sehen? Worauf hinter ihm ein Mann (eitles Gesicht,
streng und verbissen im Ausdruck)
sagte: Sie will ins Fernsehen!

Stille.

SCHULZEIT –

Die Angst, übergangen zu werden.

Nachsitzen.

Fleißarbeit.

Nichts ist wichtig, alles ist wichtig.

STRAFARBEIT –

Man kann nur einen Gedanken
denken, nicht zwei auf einmal!

Nicht mehr als sechzigtausend
Gedanken am Tag.

Wer weiß, was nachts geschieht in
den Köpfen der Leute?

Und warum?

Hier möchte ich nicht gewesen
sein.

Hier brauchen sie dich auch
nicht!

BLINDES VERTRAUEN –

Auf dem Friedhof las er den Satz:

Schenke Liebe!

Lache oft!

Worauf er lautstark zu lachen begann.

Wo war er?

Träumte er?

Angekommen in Paris, den Eiffel-
turm gesucht, ohne Hilfe gefunden, aber nicht hinaufgestiegen.
Umhergegangen im Park, in den
nächsten Zug gesetzt und wieder
zurück.

Er war noch nie in Paris.

Aber jetzt hat er eine Erinnerung
daran.

Er war wieder in seinem Stammlo-
kal, setzte sich allein an einen großen Tisch. Die Bedienung sagte:
Sie wissen schon, dass das hier der
Stammtisch ist? Er blieb sitzen, als
hätte er sie nicht gehört. Gut, wie
Sie meinen, dann machen Sie das
selbst mit dem Stammtisch aus!

In der Ecke saß eine Frau, die ihn
beobachtete.

Als sie gegangen war, sagte die Bedienung zu ihm: Der geht es schlecht.

Und warum?

Sie hat schon alles!

GITARRENMUSIK –

Als er früher in diese Wirtschaft kam, sonntagnachmittags, als Sechzehnjähriger, traf er dort auch auf Gleichaltrige, fühlte sich aber nicht wohl, weil es damals schon Rechthaber gab unter ihnen. Die mied er, warf lieber eine Münze in den Musikautomaten, wählte ein Gitarrenstück von Jörgen Ingmann mit dem Titel AFRIKA. Während er dieses ihn aufwühlende Stück hörte, überlegte er, was er noch drücken könnte,

wählte dann die Vorderseite der
Single: JOHNNY´S TUNE. Manchmal pfiff er auf dem Heimweg
noch die Melodie und überlegte, was dieser Johnny wohl für
ein Typ gewesen sein mochte.

DIE NACHFOLGENDE STILLE –

Einfach schön, die Stille, da
vergisst man gleich alles, sagte
der Fremde. Kein Palaver, kein
Geschwätz. Nichts als Stille. Da
wird man gleich ein anderer
Mensch.

Lassen Sie mich in Ruhe!

Sind Sie registriert?

Wieso?

Na ja, Internet, Facebook, Homepage.

Wie läuft es bei Ihnen?

Facebook verändert die Menschen. Die bekundete Internetfreundschaft verfärbt sich, schleimt, wird im selben Moment unreal, ist nur noch ein Wort.

Auch die neuen Siedlungsbewohner schauen dich nicht an. Verstecken sich, reden nicht miteinander. Es gibt ein paar Familien, die sich grüßen. Aber auch nur, weil sie sich von früher her kennen.

ERKLÄRUNG –

Vom Gestern und Heute wissen wir nichts. Politiker vielleicht, aber wir nicht. Weil das, was wir wissen, uns gar nicht interessiert. Genauso wie der Wiener vom Salzburger nichts wissen will. Erst wenn ich gefragt werde: Woher kommen Sie? Antworte ich: Schön ist es hier!

Wenn man nichts weiß zu einem bestimmten Thema, ist es besser, sich nicht in einer Gescheitmeierrunde aufzuhalten.

Will man etwas, sollte man es aus vollem Herzen tun. Im Sinne von WILLE. Nicht dein Wille, sondern: Mein Wille geschehe!

Weil man den anderen schon zu viel gegeben hat?

Aus vollem Herzen?

LEBENSUNTERHALT –

Nachdem er sich vorgestellt hatte,
bekam er eine Anzeige.

Das müsste ich wissen!

Normalerweise sagt er, was andere
verschweigen.

Aber auch erst, wenn es darauf ankommt.

DIE WAHRHEIT –

Die Bedienung wurde plötzlich ge-
sprächig, sagte: Es steht alles in
diesem Roman. Worauf sie ein
Buch auf die Theke legte:

Die Prominenten erscheinen auf
der Titelseite, reden vor laufenden
Kameras, protzen mit ihren Le-

benserinnerungen, verschweigen, was sie zerstört haben.

Und was wäre das?

Ich sagte doch, es steht nicht drin!

Sind Sie noch auf der Höhe der Zeit?

Früher wurden die Leute beherrscht von Dr. Schiwago, Persil oder Meister Propper. Von den Beatles, Rolling Stones oder Bob Dylan.

Jeder ist manipulierbar.

Der Kulturreferent der Stadt will mit den einfachen Leuten nichts zu tun haben. Er bleibt am Würstelstand immer ganz hinten stehen.

Von der unterwürfigen Journalistin heißt es: Sie veröffentlicht getürkte Artikel über den Oberbürgermeister, wird unter Druck gesetzt, muss ihre Berichte absegnen lassen von ihm.

Korruption gibt es nicht nur im Ausland!

Ich wollte einen Salat als Beilage, keinen Wurstsalat.

Auch keinen Krautsalat!

BEGIERDE –

Der Wind macht Ihnen wahrscheinlich zu schaffen, meinte die Bedienung. Oder war es der gestrige Tag? Ja, der war wirklich schlimm, entgegnete er.

Er wollte sie jetzt. Auf der Stelle.

Ein Bier noch.

Als die Rechnung kam, wollte er nicht mehr verheiratet sein.

So läuft es in den meisten Ehen.

Vielleicht etwas abgeschwächter.

Täusche ich mich?

Wahrscheinlich noch viel schlimmer!

Aber er war nicht verheiratet.

Entweder Meeresfrüchte oder gleich ein Schnitzel, frisch vom Metzger, und die Begebenheiten ins rechte Licht rücken!

Er löffelte die Suppe mit einem
Plastiklöffel, schielte dabei auf
die Frau, die ihre Suppe mit einem
Holzlöffel aß. Sie meinte: Ich habe
oft so starke Schmerzen, dass ich
nicht mehr schlafen kann.

Er wollte etwas sagen, sagte es
aber nicht.

Er dachte: So alt möchte ich nicht
werden!

Sie bedrängte ihn mit Fragen, de-
ren Folgen ihm nicht bewusst waren.

Dämlich, krankhaft.

Sie sagte: Der Bauer erntet heute
mit der Maschine allein so viel,
wofür er früher vierzehn Tage-
löhner benötigt hat.

Das weiß ich schon!

Nichts Besseres.

Keine Anderen.

Auch keine Andern.

Kein zwingender Unterschied.
Nichts, was die Menschen ausei-
nanderbringt!, sagt die geile Rüs-
tungsindustrie.

Das soll wohl aus dem Sprach-
repertoire der Tippelbrüder
und Penner stammen, Parolen
und Stammtischgeschwätz von
Säufern, bei denen das Innerste
nach außen gekehrt wird im
negativen Sinn. Milieustudien
von einem, der sich nicht aus-
kennt.

Nein, es stammt von einem, der mit seinen anmaßenden Anspielungen sich an Eingeweihte und Gleichgesinnte wendet, die außer ihm niemand versteht.

UND DIE KUNSTMEILE –

Warum heißt sie nicht Kunstkilometer?

Frag doch die Veranstalter!

Die Kunst ist nicht schön, die Kunst ist abstoßend! Die Kunst ist hässlich! Die Kunst ist verrucht! Die Kunst ist eine mit Steuergeldern subventionierte Selbstbeweihräucherung! Die Kunst ist verabscheuungswürdig!

Es ist nicht so, wie es aussieht.

Es hat uns aber zwanzigtausend
Euro gekostet.

Sowas erfährt man immer erst hinterher.

Ist sie schön, die Kunst? Macht sie
Freude? Fühlt man sich noch zu
Hause mit ihr? Spricht man ohne
Hintergedanken darüber?

HAUPTSÄTZE –

Der Verbrecher hat die Schmähre-
den des komplexbeladenen Politi-
kers gehört: Ich brauche keinen
Schreibtischtäter, der mir über die
Schulter schaut!

Der Nebensatz stammt nicht von
ihm.

Der Politiker trumpft mit Hauptsätzen auf!

Er provoziert seinen Nachbarn,
indem er im Winter zur Mittagszeit den Schnee vor seine Haus-
tür schippt.

NEBENSÄTZE –

Kinder gehen wie blind mit
ihren Handys umher.

Eltern demonstrieren für mehr
Freiheit, wissen aber nicht, dass
Freiheit das Gegenteil von Sicher-
heit ist. Ja, es stimmt, ich weiß es
auch nicht!

Willst du ewig leben?

Nein.

Ich weiß, ich wiederhole mich.

Wer sitzt eigentlich in den Gremien der Kunstmeile?

Keine Ahnung.

Ihr Leitspruch lautet:

DIE KUNST IST FREI!

War sie denn nicht immer schon frei?

Grundlos etwas niederschreiben, nur dass man schreibt, etwas gedacht hat oder denkt, indem man schreibt, was nachher kommt, weiß niemand, die kleinen Kinder machen es dir vor, laufen durchs Leben, als gäbe es noch keine Hindernisse, das Wasser rauscht, der Wald, der Fluss, es hört sich schön an.

Die lange Fahrt im Schlitten,
nachts, bei klirrender Kälte, und
der Vollmond, der den Weg frei-
macht.

DER GORDISCHE KNOTEN –

Ein schier unlösbares Problem
lösen, was manchmal sehr leicht
erscheint, ist es nicht, die Liebe
geht, ist unterwegs, was uns in Bewegung hält, das weiß ich nicht,
wenn sich etwas verkauft, wird
es gelobt, voller Ehrfurcht ange-
staunt, und sei es das Allerletzte,
weitab jeglicher Moralbegriffe, das
macht nichts, das andere auch
nicht, was nicht ist, kann nicht
sein, wohin dann damit, warten,
dass von selbst etwas geschieht,
schon möglich, klein fängt alles an,
ein unbedachter Augenblick, man
sollte nicht glauben, ein Tag sei

nur ein Tag, die andern sind nicht
die andern, wer hilft hier wem, die
Sehnsucht bleibt unerklärlich, das
Unergründliche hat damit nichts
zu tun, keiner weiß genau, was
kommt, wie es sein wird, nur
eine Ahnung hat man, und die
Momente der klaren Sicht sind
kurz, schau hin, was es auch ist, es
wird kommen, früher oder später
wieder gehen, auch wenn du den
Augenblick versäumst.

LIEBE –

Liebesfilme lieben wir, weil die
Liebe ist schön, und das Filmen
leicht, nein, das Filmen ist nicht
leicht, durch die Gegend fahren
und die Liebe filmen, so läuft das
nicht, die Liebe ist gespielt, nur ein
Traumgebilde, falls überhaupt, es
darf alles gesagt werden, aber nicht

das, was man sagen möchte, und die Gesichter sind manchmal nicht das, was man sich vorstellt, hier und dort ein kurzer Schrei, damit es nicht langweilig wird, überheb dich nicht, schau zu, dass du weiterkommst.

Der Zug geht in die Kurve, da ist alles drin, das ganze Leben, weil es sich sehr stark bewegt, das spüre ich.

Es wäre interessant zu erfahren, mit wem es die Liebe treibt, aber auch, warum gerade mit dem?

IM TURM –

Ich habe ihn akzeptiert, ohne viel nachzudenken, nicht erst gefragt, woher er kommt, wer er ist, sowas macht nur misstrauisch.

Er war in Gedanken zu Hause, wo das war, wusste er nicht. Er träumte von Frauen. Die größte ging auf ihn zu, aber die war es nicht. Die andere wollte er, die ihn nicht wollte. Die Frau, die ihm am besten gefiel, wandte sich ab, auch die andere. Die er haben wollte, fand er nicht.

Er ging ans Fenster, öffnete es.

Er bemerkte unten auf der Straße einen Mann, der ihn an den rot-gesichtigen Metzgermeister erin-nerte. Hatte der nicht einen an-griffslustigen Hund?! Ja, es stimm-te, als Kind war ihm der einmal kläffend hinterhergerannt, aggres-siv und gehässig, mit weit aufgeris-senem Maul. Der Metzgermeister hatte das alles beobachtet, kalt und

berechnend, pfiff den Köter erst
in allerletzter Sekunde zurück,
während er vor Angst fast gestorben wäre.

Warum hat er sich jetzt an seine
Kindheit erinnert, an diesen Bas-
tard, an das hässliche Gesicht?

Weil es ein Traum war? Ja, aber
woher kommen die Träume? Warum sind sie nicht greifbar? Warum kann man sie nicht beweisen?!

Er hat seine Träume ein Jahr lang
aufgeschrieben, gleich nach dem
Erwachen. Als er das Geschrie-
bene las, kam es ihm fremd vor.
Er glaubte nicht mehr, der zu sein,
der er war. Er hatte sich dafür ein
Notizbuch zurechtgelegt, nannte
es TRAUMBUCH, dann BUCH

DER TRÄUME. Schließlich fand
er den richtigen Titel dafür: VOR-
TÄUSCHUNG FALSCHER TAT-
SACHEN!

Und die Wahrheit?

Wenn er schrieb, kam er sich vor,
als würde er etwas Verbotenes tun.
Verheimlichte, was er geschrieben
hatte, versteckte es, schrieb im
Dunkeln weiter.

Wollte er einmal aus sich heraus-
gehen, zeigten die Leute kein Interesse, gingen nicht auf ihn ein,
lenkten die Gespräche sogleich
in eine andere Richtung.

Eine Zeitlang dachte er an
das Wort Venedig. Er fand
keine Erklärung dafür. Er
brachte das Wort nicht mehr

aus dem Kopf.

VENEDIG!

VENEDIG!

Es gab nichts, was ihm Freude bereitete. Nur aalglatte Typen. Keine Politiker, zu denen man aufschauen konnte. Nur schamlos auf den eigenen Vorteil bedachte Ganoven.

Warum begann er in Frage zu stellen, was er dachte? Warum kehrte er es ins Negative? Weil es so war! Weil es so ist! Weil er es so empfunden hat!

Warum denkt er im Traum an diese Vergangenheit? Warum stellt er Ereignisse in Frage, die nicht mehr zu ändern sind?

Unsicherheit, Unzufriedenheit. Welches Wort er auch verwendet, es bekommt einen negativen Beigeschmack. Und niemand ist da, mit dem er reden könnte.

Er denkt, ich bin ein Gefangener. Im Gefängnis. Nur dass Gefangene etwas zu essen bekommen. Womöglich gar nicht dieses Gefühl von totaler Einsamkeit haben.

Plötzlich dachte er an die Bloggerin, die einen Text veröffentlicht hatte von ihm im Internet, ohne ihn zu fragen. Schlaflose Nächte hatte ihn das gekostet. Obwohl er sich nicht mehr damit beschäftigen wollte, dachte er daran. Auch an die Briefe der Firma, die diese Frau schützte, die mit falschem

Namen auftrat, feige und hinter-
hältig operierte! Wie war das gleich
wieder, wer hatte ihn darauf auf-
merksam gemacht?

Die Zornesröte trieb es ihm ins
Gesicht, als er davon erfuhr. Er
überlegte nicht lange, schrieb eine
E-Mail, musste vor dem Absenden
auch noch einen Geheimcode ent-
ziffern!

Gibt es hier einen Künstler, der
sich sowas vorstellen kann? Wäre
es dem egal? Gibt es hier einen
Musiker? Maler?

Eine herausragende Persönlich-
keit?

Ich werde mich informieren,
dachte er. Zeitungen und Chroni-
ken durchsehen. Aber das wären

auch wieder nur Leute aus der Vergangenheit! Gab es hier überhaupt jemanden, der Sachen beim Namen nannte, aufdeckte, schaute, was hinter den Fassaden steckt?

Er stellte alles in Frage, weil ihn die Leute in Frage stellten, alles, was er machte, ins Negative zogen. Deshalb erschien ihm die Welt unglaubwürdig, weil er sich selbst darin so sah. Jeden Satz, den er dachte, stellte er im Nachhinein in Frage. Aber da war der Gedanke schon wieder vorbei. Und er erschien ihm falsch. Was stellte er denn dar für die Anderen? Wer war er denn in ihren Augen? In den Augen der Anderen? Und wer war er wirklich? Gab es überhaupt eine Person, die ihm noch glaubwürdig erschien?

Er wünschte sich, dass ein Musiker etwas spielte für ihn. Warum musste heute alles so unecht klingen? Wie an den Haaren herbeigezogen? Warum wagte keiner mehr, etwas zu spielen oder zu singen, frei und ungezwungen, unaufgeregt? Wenn einer nicht amerikanisch klingt, wird er nicht mehr akzeptiert!

Er dachte an das Wort SCHWARZ. Erst MAKABER, dann SCHWARZ. Es kam öfter vor, dass er an etwas dachte, das mit dem gemeinten Wort selbst nicht in Zusammenhang stand. In diesem Fall war es die Farbe Schwarz, an die er dachte bei dem Wort Schuster. Ein Zettel, der an der Tür klebte und den er erst jetzt entdeckt hatte. Ein Werbezettel von einem Meister, der alle Schuhreparaturen inklusive Schlüsseldienst in der Stadt übernehmen wollte, kostengünstiger als andere.

Er blickte auf seine Schuhe, setzte sich, stand wieder auf. Er suchte die Wagenschlüssel, fand sie nicht. Wo hatte er sie hingelegt? Er ging ins Bad und stellte fest, dass es dort kein Fenster gab, nur einen schmalen Lüftungsschacht. Er öffnete ihn und hörte ein leises Rauschen. Er merkte, dass er seinen Mantel nicht ausgezogen hatte. Er hängte ihn an die Tür. Daneben entdeckte er auf einem Kästchen seine Wagenschlüssel. Und der Schlüssel für die Eingangstür lag daneben!

Er ging ins Zimmer, steckte das Stromkabel in die Steckdose, und sofort war das Bild auf dem Fernseher zu sehen. Mit etwas Verspätung der Ton. Er fand die richtigen Tasten für die Programme, auch für die Lautstärke. Er wechselte den Sender und hörte Nachrichten, vorgelesen von einem Sprecher, der seinen Kopf hochstreckte, als müsse er über eine unsichtbare Mauer blicken. Die Nachrichten, die er vorlas, hörten sich an wie ein Horrorszenario. Er sagte, der Überschussexport der deutschen Marktwirtschaft sei den EU-Kommissaren ein Dorn im Auge und gefährde die Weltwirtschaft, er sei sogar ein Grund für die weltweite Finanz- und Schuldenkrise. Auch das US-Wirtschaftsministerium sähe darin einen Angriff auf das wirtschaftliche Gleichgewicht in der Welt. Ausgerechnet das Land, von dem er einst dachte, es sei das Paradies.

Er schaltete die Nachrichten aus,
die gesprochen wurden von einem
Herrn Griebenschmalz, der am
Schluss den Anfangsbuchstaben
seines Namens mit einem Kehllaut
ausgesprochen hatte. Chrieben-
schmalz, sagte er, und das klang
ein bisschen selbstgefällig. Wieder
einer, der ein anderer sein wollte,
dachte er. Ein Engländer? Was bil-
dete der sich ein? Glaubte er, etwas Besonderes zu sein, etwas
Besseres? Er wechselte den Sender, stieß auf eine Schwulen- und
Lesbensendung, die angriffslustig
ihre Ansichten hinausposaunte.
Er drückte auf die Fernbedie-
nung und der Bildschirm wurde
schwarz.

Er stand im Schlafzimmer, blickte
sich um. Es war mehr eine Schlaf-
koje, aber sie reichte ihm. Das

Bett frischbezogen, sah aus, als bräuchte man sich nur noch hineinzulegen. Er öffnete das Fenster, das zum Hof führte. Ein Frauenfahrrad stand unten, eine Mülltonne, ein Besen.

Er ging ins Bad, wusch sich die Hände.

Er blickte in den Spiegel, der über dem Waschbecken hing.

Vor einiger Zeit hatte er im Fernsehen einen Film gesehen. Er war zufällig im letzten Drittel dazugekommen und war sofort überwältigt von ihm gewesen. Er wünschte sich, er könnte jetzt den Film in voller Länge sehen. Er dachte, für was gibt es den Zorn, wenn man ihn nicht ausleben darf? Dass man ihn zurückhält? Und die Wut? Den Hass? Warum gibt es Kriege? Oder anders gefragt, wenn es keinen Vernichtungsgedanken gäbe, gäbe es dann keine Kriege? Kriege entstehen nicht allein durch Hass oder Neid, Besitzwahn oder Größenwahn, dachte er. Warum gibt es sie trotzdem?

Er dachte, geht es mir schlecht? Nein, es geht mir nicht schlecht, es geht mir gut. Ja, aber nicht gut und schlecht zugleich! Bin ich ein guter oder ein schlechter Mensch? Ich bin keiner von beiden. Und doch bin ich beides. Er lachte.

Was fühle ich, wenn ich lache? Kann ich so tun, als lachte ich? Nein, es muss heraus wie die Tränen. Und Gefühle, kann man sie steuern? Er kam sich vor wie ein Kind. Und wie der Vater des Kindes zugleich. Er stellte sich unentwegt Fragen. In der Einsamkeit des Turmes kam ihm plötzlich der Gedanke: Ohne moralische Unterstützung stirbt man.

Er verließ den Turm, ging die Straße entlang.

Er dachte, die Passanten tun nur so, als wären sie glücklich. Er blieb stehen, hörte einem Saxophonspieler zu, der neben einer Hofeinfahrt improvisierte. Er spielte weich und aggressiv zugleich, machte einen desinteressierten Eindruck, war total in sich gekehrt. Er machte eine Pause, klopfte mit dem Fuß den Takt weiter. Passanten gingen desinteressiert an ihm vorbei.

Eine Frau streifte seinen Blick.

Er folgte ihr. Überquerte mit ihr die Straße. Er hörte den Saxophonspieler nicht mehr. Er blieb stehen. In einem Schaufenster sah er sein eigenes Spiegelbild. Er schaute zur Seite. Ein Kind kam aus dem Geschäft, gefolgt von der Mutter. War es die Mutter? Sie nahm das Kind bei der Hand und beide gingen zielstrebig die Straße entlang.

Er hörte auf, zu denken, und die Welt stand still. Es kam ihm auf einmal so vor, als hätte alles Leben aufgehört.

DIE LÜGE –

Schwarze Nacht, grelles Licht, zwei Männer versperrten ihm den

Weg, beschimpften ihn. Wieder Dunkelheit, Gemurmel im Finstern. Ein Kind laut entsetzt: Auf dem Pausenhof werden jetzt schon Drogen verkauft! Eine fette Frau setzte sich neben ihn, fing behäbig zu sprechen an: Ein Rinderlendensteak oder etwas auf Western Art. Mexikanisch vielleicht? Steak und Gamba zugleich? Ein Schwein, verkleidet als Mensch, wurde grölend von anderen Schweinen durch die Straße gejagt. Eine Frau im Negligé kam auf ihn zu, lüstern, lasziv: Wo warst du heute Nacht? Die Konkurrenz schläft nicht. Bist du der Überdurchschnittliche? Ein Dunkelhäutiger legte sich quer auf die Straße: Traut sich mal wieder keiner? Warum haben Sie mich nicht gerufen! Worauf es wieder finster wurde, und aus der Ferne eine

Stimme zu hören war: Liebe ist falsch, Liebe ist Wahnsinn, Liebe ist kalt und verlogen, und dabei das Allerhöchste, was es gibt auf der Welt!

DAS LEBEN –

Das nicht gelebte Leben.

Ein Leben, das nicht gelebt wird.

Gibt es ein nicht gelebtes Leben?

Er schreibt.

Schreibt und schreibt!

VERSTECKEN:

Augenundmundgedankengeld-

brotschnapsschuldenweintrauer-
lügenfehlerverlust.

Die Vergangenheit verfolgt ihn.

Er hat es nicht getan.

Nein, er war es!

Irgendwie geht ihm die Strenge ab.

Der Postbote kennt ihn!

DIE ZEITUNG –

Er steht auf, setzt sich, Kaffee, Internet, News, er selbst ist schon
zur Nachricht geworden, weiß
aber nicht, ob über ihn Berichte erschienen sind in der Zeitung.

DIE BEICHTE –

Er war allein, wollte nicht allein
sein. Dabei wurde ihm das Allein-
sein wieder bewusst. Er ging die
Straße entlang und dachte: Im
Freien kann mir nichts passieren!

So schön hier die Landschaft
auch ist, so hässlich sind die
Menschen!

In der Kirche zeigen sie dir,
was sie sind.

Scheinheilige Brüder.

Knien vor dem Altar mit dem
Rosenkranz in der Hand:

Wir haben den Karfreitag nicht
geschändet.

Wir haben die Kreuzwegandacht

nicht geschändet.

Wir haben die Liturgie nicht geschändet.

Wir haben die Eucharistie nicht geschändet.

Wir haben die Kollekte nicht geschändet.

Wir haben den Kinderkreuzweg nicht geschändet.

Wir haben die Andacht der Sieben Worte nicht geschändet.

Wir haben die Priester nicht geschändet.

Wir haben niemanden geschändet!

DER SPRINGENDE PUNKT –

Es stimmt, es ist wahr.

Auch wenn ich nicht dort war,
habe ich es gesehen.

Ich fühle mich von der eigenen
Familie verfolgt.

Betrogen.

Ausgegrenzt!

Ich bin nicht schuldig.

Bereits auf der Hinfahrt dachte ich: Soll ich in der nächsten Kurve geradeaus fah-
ren oder erst auf dem Rückweg?

Nein, es ist alles wahr!

Wer bin ich?

Es stimmt!

Ich lüge.

Ich stehe dazu, ich bin ein Dreck-
schwein. Wie alle anderen auch.
Ich gehöre bloß keinem Stammtisch an, keiner Partei, keiner
Weltmacht. Ich wurde verdor-
ben von all diesen Institutionen,
die mir indirekt diese Schweinereien beigebracht haben. Das
Fernsehen, die Zeitungen, das
Internet. Die demokratische
Diktatur, die abhört, aufdeckt
und erpresst. Diskussionen,
Wahlveranstaltungen, bei denen
Wörter verdreht werden ins
Gegenteil. Ganz zu schweigen
von der größten Militärmacht
der Welt.

Der Künstler nennt seine alten
Scheiben jetzt REDISCOVERING,
weil er glaubt, dass sich das Wort
WIEDERENTDECKUNG nicht
eignet dafür. Woher weißt du das?
Ich weiß es. Von wem? Es ist so,
aber es ist alles nicht wahr!

Gerüchte.

Er verwendet Anglizismen,
geht darüber hinweg, bezeichnet
Kunstwerke, die er nicht mag,
als COOL oder VERY NICE! Ja,
und warum? Weil er fürchtet,
nicht mehr dazuzugehören.

Nur Johnny Depp weiß, dass er
kein Depp ist!

Angstzettelverbreiter, weißt du
auch, wie man eine Desktop-
Verknüpfung erstellt? Nein,

das weiß ich nicht. Aber jede Menge Musiktitel runterladen! Nein, ich weiß es – Datei öffnen, Fenster erscheint. Die benutzerdefinierten Vorlagen müssen aber gespeichert bleiben! Müssen? Können nicht gelöscht werden. Man hat mir gesagt, die automatische Speicherung kann nicht entfernt werden. Wer ist man? Es ist alles voreingestellt!

Weißt du auch, was eine Bildlaufleiste ist? Eine Zeilenzahl?

Die brauche ich nicht.

Die ungeliebte Verlegerin lässt einmal im Monat einen Werbezettel auf die Titelseite ihrer Zeitungen kleben.

Ekelerregend.

Und niemand beschwert sich?

Ich habe einen Leserbrief geschrieben.

Die BÄCKEREI gibt es jetzt auch
nicht mehr, die heißt jetzt BROT-
MANUFAKTUR!

Hier fühlte ich mich mal zu
Hause.

Aber das ist lange her!

SUV – was heißt SUV? Keine Ahnung. Und was bedeutet DE-
MANDSENS? Wie spricht man
es aus? Noch eine Frage, die ich
nicht beantworten kann. SHORT
STORYS nennt man jetzt SHORT
CUTS! Von mir aus. Selbst wenn
ich weiß, dass ich nichts weiß,
weiß ich doch, dass ich nichts

weiß!

Er wollte seine Angebetete treffen,
aber sie ärgerte ihn. Wahrscheinlich bereitete es ihr große Freude,
ihn zu ärgern. Sie schrieb nur: Da
bin ich nicht da!

Und was ist heute für ein Tag?
Wenn dich Religionen oder Philo-
sophen beeinflusst haben, würdest
du sagen: CARPE DIEM! Ich denke
aber, wenn, dann nur in meinem
Sinn, unbeeinflusst von anderen.

Während der Rechtsanwalt auf
dem Heimweg im Auto telefo-
nierte, bemerkte er in einer Wol-
kenbank den Widerschein der un-
tergehenden Sonne. Sowas hatte er
schon öfter gesehen, nur nie richtig wahrgenommen. Aber heute
beeindruckte ihn das Schauspiel so

sehr, dass er am Wegrand stehen blieb und zu sprechen aufhörte.

Manchmal denke ich, es reicht nicht, was ich mache: Es taugt nichts! Weil man mir immer eingetrichtert hat: DU BIST NICHTS! Wer es auch war, der doppelzüngige Pfarrer, ein Vorgesetzter oder die Eltern – es stimmt nicht.

Alles ist so, wie es ist, und doch nicht so, wie du glaubst, dass es ist. Weil hier nicht dort ist, gestern von heute nichts weiß, und doch alles im Grunde eins ist, und eins nicht zwei, wie du weißt.

Er lässt alles Überflüssige weg. Das macht sein Schreiben so gefährlich. Weil es kaum jemand versteht, erscheint es noch vielsagender als die Wahrheit.

Schonungslos offen, eigenwillig
schön.

Wir hätten es gerne harmonisch,
rhythmisch, melodiös.

Auf der Straße der verstohlene
Blick einer rothaarigen Frau. Sie
sprach Hochdeutsch mit einem
Kind. Zwischendurch schwäbelte
sie.

Noch eine Lüge.

Er war Mitglied in zahlreichen Ve-
reinen. Abends nie zu Hause. Welche Vereine? SOLDATENVEREIN.
KRIEGSGRÄBERVEREIN. THEA-
TERVEREIN. SPORTVEREIN. BÜR-
GERVEREIN. GARTENVEREIN.
BRIEFTAUBENVEREIN. Danke,
das reicht! Nein, es stimmt nicht,
im Brieftaubenverein war er nicht.

Wenn du über sechzig bist, schaut
die Welt gleich anders aus, dann
ist es oft zu spät, nicht nur bei den
Kleinteilen.

Nachdem ich ein Mensch bin (und
kein Computer), verlasse ich mich
auf meine Gefühle!

Ah, schön, dass es dich noch gibt,
du kriegst einen Ehrenplatz in
meiner VIP-Lounge! Die Frau mit
den roten Haaren ist schon drin.

Fußballfanatiker vor leeren Fuß-
ballstadien.

Marktschreier!

Der Hausbesitzer grüßt niemand,
will mit niemand etwas zu tun haben. Er lacht nur blöde. Nein, sein
Dialekt sagt alles. Du musst auf

seinen Dialekt achten!

Wir haben es lange nicht gewusst,
aber das Wort MEDIATHEK hat
uns jetzt im Griff. Wenn ich recht
überlege, brauchen wir es nicht.
Kochsendungen Tag und Nacht:
Buchteln mit Vanillesoße, würde
dir das schmecken?

Hör nicht auf, wenn du glaubst,
dort angekommen zu sein, wo es
nicht weitergeht!

Eine Geschichte, die mehrstimmig
die Einstimmigkeit umkreist.

Dass Wörter manchmal einschrän-
ken und nicht weiterhelfen, erlebte
er in Italien am Bahnhof von CAT-
TOLICA. Auf einer Anzeigetafel
stand MONACO. Er wollte aber
nach MÜNCHEN!

Hungrig zog er in die Welt hinaus, hungrig kehrte er zurück.

Der Weg in den Süden war nie ein Problem. Gleich in der Früh fuhr er los. Wenn er dann nach einigen Zwischenstationen (Wagen auftanken, Kaffeepause) die Berge hinter sich gelassen hatte, fühlte er, dass er angekommen war. Nur ein kleiner Tunnel trennte ihn noch von seiner Liebe, seiner Freude, seiner Zuversicht.

Die Bedienung sagte, sie käme aus Sibirien. Nein, es ist eine Sambierin! Und der Kellner ist kein VIP, keine SPORTGRÖSSE, kein STAR, nur ein ganz einfacher Mensch mit kleinem Einkommen, wenig Freunden, wobei VIPs, STARS und SPORTGRÖSSEN überhaupt keine Freunde haben.

Hallo, altes Haus, schau mal vorbei! Ist die Dingens auch da? Ja, die ist auch da. Lieber nicht. Willst du sie denn nicht sehen? Nein, darum geht es nicht – ich habe keine Zeit!

Er wollte sich unverabschiedet verabschieden.

Ich suche alles, bloß keinen Deutschen. Was suchst du denn? Ich suche Langhaarige, die finde ich cool! Auch wenn es Deutsche sind? Hör mir auf mit denen! Ich sag dir nur eins, Langhaarige gibt es schon lange nicht mehr!

Immer wieder spricht eine destruktive Stimme in mir: Bist du verrückt? Du schaffst es nicht!

Kommst du heute auch auf den Marktplatz? Wieso? Da bin ich um Mitternacht, mache einen Kopfstand und spiele nebenbei Gitarre – aber nur, wenn du auch da bist!

Ohne KI geht nichts mehr, das Spiel ist echt gemein, du brauchst kein Mikro, man muss auch nicht mehr sagen, was man denkt, nicht mehr auf die Interpunktion achten, das Gleiche gilt für DJs, obwohl wir inzwischen erfahren haben, dass es ganz anders läuft.

Neben der Tastatur des Computers befinden sich Aufkleber, aber ich weiß nicht, was sie bedeuten:

AMD

RYZEN

5000 SERIES 7

NIVIDIA

GEFORCE RTX

Muss man das wissen?

Ich will mich nicht einmischen,
weil keiner was Genaues weiß,
wenn die Leute vom Nebentisch
beim Essen quatschen, mit dem
Handy am Ohr ihre Suppe löffeln,
vor allem, wenn ich dann noch so
einen Spruch höre wie: Alles gut!

Sie wiederholte lautstark: Demenz!
Gleich darauf: Opa! Sie hat es immer mit dem Opa und der Oma.
Macht sich wichtig, ist schlecht ge-
launt, spricht herablassend über
alte Leute. Oma und Opa! Die machen es nicht mehr lange, die alten

Leute! Redet und redet, kommt sich unglaublich wichtig vor. Wie all die unwichtigen Leute im Fernsehen und Internet.

KOPFKINO –

Jeder Mechaniker und Holzhacker ist heute ein Künstler, und die unterwürfigen Kulturbeauftragten aus dem Kaff geben eine Stange Geld aus für sie. Es heißt nämlich: Jetzt haben wir wieder eine Kunstmeile! Aber nicht die Kunst, sondern der herrschsüchtige Bürgermeister und der gewissenlose Initiator stehen im Mittelpunkt, erscheinen fünf Wochen lang jeden Tag in der Zeitung, haben aber keinen Cent übrig für überdachte Stadtbus-Haltestellen, lassen die Bürger im Regen stehen, lehnen mit fadenscheinigen Argumenten einen Quartiersmanager ab, der sich um die Koordination der Unterstützung alter und pflegebedürftiger Menschen kümmert – beschimpfen ihn öffentlich als Schreibtischtäter!

Geschichten mit überdrehten, flatterhaften, unzuverlässigen Menschen. Als Gegenspieler Puristen, Idealisten und Egoisten.

Der Alte sah aus wie der verstorbene Schriftsteller. Ich hätte gerne einmal mit ihm gesprochen. Worüber? Er ist nicht mehr hier. Die Vergangenheit gibt es nicht mehr. Der Gedanke ist hinfällig geworden!

Hier kommt der Meister, der das Bach-Werke-Verzeichnis fehlerfrei vor- und rückwärts aufsagen kann, sämtliche Titel von Shakespeare kennt, zahlreiche Preise erhalten hat dafür und Urkunden. Aber das ist es nicht, was mich fasziniert an ihm, sondern weil er eine hohe Geldsumme an Arme und Hilfsbedürftige gespendet hat und nicht protzt damit!

Radaubrüder. Brüder, die Radau machen? Das Wort gefällt mir, auch wenn es ein bisschen verstaubt klingt. Gibt es kein amerikanisches Wort dafür? Natürlich, es hat sich nur noch nicht eingebürgert!

Sie machten ihm Vorwürfe, als hätte er gedrängelt, keine Geduld. Dabei sind es gerade die Wichtigtuer und Angeber, die rufen: Geduld! Geduld! Wenn sie nicht mehr weiterwissen.

Scharfzüngig (dominant).

Zuhause die Beißzange, in der
Kirche die ehrenamtliche Tätigkeit.

Lach mal wieder!

Artifiziell (= künstlich, artifizielle
Umwelt, gekünstelt, eine artifizielle
Freundlichkeit).

So bin ich der geworden, der ich
heute bin.

Profund (= gründlich).

Dezidiert (= entschieden, ener-
gisch, bestimmt).

Das Wort Lüge wird erst zur
Lüge, wenn es keine Lüge mehr
ist.

Er will sein Gewissen beruhigen,
doch es gelingt ihm nicht. Andere
sind weiter als er. Wenn er von einer horrenden Geldsumme hört
(100 Milliarden zum Beispiel),
glaubt er, sich verhört zu haben.
Weil es sich nicht um 100 Millionen handelt!

Ich bin auch nicht mehr der, der
ich einmal war!

Wer bestimmt eigentlich, wer oder
was zu uns kommt? Was wir anziehen, essen, lesen, hören? Wenn
wir es uns gefallen lassen, nichts
dagegen unternehmen, was sind
wir dann?

Was bedeutet das Wort EMI-
GRANT?

Die Amerikanismen fressen unsere

Sprache auf!

MIGRANT?

Alle gaffen mich an, wenn ich solche Fragen stelle. Und wer ist hier ein FLÜCHTLING?

Kapriziös (= eigensinnig, exzentrisch, launenhaft).

Herausgerissen aus seinen Träumen, dachte er, es wäre an der Zeit, sich mal bei den Leuten zu bedanken, die ihn weitergebracht haben.

Er dachte an eine freundliche, zurückhaltende Frau.

Resolut (= beherzt, entschlossen).

Er sah eine violette Fliege am

Küchenfenster umherkrabbeln.

Leute, die vor lauter Nachdenken nicht sagen, was sie denken. Und das wäre schon zu viel. Zu wenig, aber fast gar nichts. Wäre dir das recht?

Seine Spontanität ist nicht ehrlich, weil er sie korrigieren muss.

Egoistisch.

Verhärtet.

Versteckt.

CAMOUFLAGE.

Seit wann bist du im Bildungs-wortschatz zuhause?

Tarnen. Verschleiern. Täuschen.

Geheimhalten. Schminken.

Er sagte: Ich habe ein Buch geschrieben, in dem Christus erscheint, aber nicht so, wie du
glaubst. Weil er in jedem von uns
steckt. Im Buchhändler genauso
wie im Schauspieler. Nicht ver-
kannt, nicht angefeindet, nicht
gekreuzigt.

Die Ärztin sagte: Zeichnen Sie mir
eine Uhr. Mit Stunden- und Minu-
tenzeiger. Auf meiner Uhr ist es
zehn Minuten vor zwölf. Und auf
Ihrer?

Er hatte noch immer diesen wil-
den, ungezähmten Blick.

Geräusche am Morgen, als wäre
er in einer fremden Umgebung
aufgewacht. Kindergeschrei und

Hundegebell. Dazu ein übergroßer Traktor vor einem Sandkasten.

Ein Skriptgirl vor der EUROPÄI-SCHEN ZENTRALBANK, mit einem Karton in der Hand, auf dem steht: Menschen verblö-dende Subventionierungspro-gramme. Menschen verachtende Produktionen, die unter ihrem geschätzten (subventionierten) Wert wieder subventioniert werden müssen!

Jeder Mensch ist verstümmelt. Das geht beim Trachtenhut los, hört beim Dirndl auf, bei der Mönchskutte, beim verfluchten Islamtuch!

Eine tiefe Leere machte sich in ihm breit, bedrohlich und tröstend zugleich.

Ein Satz, der einer Sternschnuppe
gleicht.

Weil es eine falsche, korrupte Welt
ist, sind auch so falsche, korrupte
Politiker an der Regierung, um
die falsche und korrupte Welt re-
gieren zu können.

Die Bedienung in dem kleinen ita-
lienischen Lokal gab sich heute
(um nicht unfreundlich zu wirken)
reserviert.

Als ich erwachte, sagte ich: AUS-
SALZEN. Dumme Sprüche vergisst
man nicht so schnell! Du aber vergisst alles, lässt alle im Stich. Mit
dir will niemand etwas zu tun haben. Dich vergisst sogar der Tod.
Stell dir mal vor, du müsstest ewig
leben!

Es geht alles seinen Gang.

Schön der Reihe nach.

Baustellen neben einer Baustelle.

Er sagte: Die Tochter hat mir zum Geburtstag das gleiche Buch (über das Alter) geschenkt wie meine Freundin. Welches soll ich jetzt ins Regal stellen?

Ruckzuck ist (schon wieder) ein Jahr vorbei. Nur manchmal vergeht so ein Jahr sehr langsam.

Tag und Nacht kann man heutzutage Musik hören. Im Radio, Fernsehen, Internet. Am Bahnhof und im Speiselokal. Mir ist das zu viel, ich brauche das nicht mehr. Man ändert sich halt, und das ist wichtig, hat auch nichts Negatives an sich. Trotzdem habe ich heute in dem Schallplattenladen, der demnächst schließen muss, eine CD gekauft. Aber eigentlich nur, weil sie zum halben Preis angeboten wurde.

Kinder sagen die Wahrheit, Erwachsene lügen!

Stimmt, ich habe nicht erwähnt, dass es sich dabei um die große KLASSIK-BOX handelt, die inzwischen vergriffen ist.

Work in Progress.

Der Künstler erklärte: Es hat sich nicht viel getan, außer dass ich wie verrückt an meinen Sachen gearbeitet habe. Was herauskommt dabei, weiß ich nicht. So kurz vor dem Ziel, eigentlich fast schon fertig, sollte man etwas machen daraus. Das sagen alle! Jetzt geht es um den Vertrieb. Das Beste, was mir passieren könnte, wäre eine tatkräftige Agentur, die sich um das Geschäftliche kümmert.

Hinter dem Haus meiner Eltern stand eine alte Schulbank. Dort saßen manchmal zwei Mädchen und erzählten sich Geschichten. Ich kannte sie nicht, beobachtete sie nur. Sie lachten manchmal, wie ich es seitdem nicht mehr gehört habe. Ich hätte sterben wollen, so schön war es!

Manchmal empfinde ich die Stille in der Natur als sehr bedrückend, aber auch befreiend, als wäre sie ein Hinweis auf die Unendlichkeit. Obwohl ich nicht weiß, was Un-endlichkeit bedeutet.

STILLE: UNENDLICHKEIT: EWIG-
KEIT?

Was heißt PIBRAM?

Ich bin kein Sprachwissenschaft-
ler, interessiere mich allein für
Menschen, wie sie sprechen oder
ihre Sprache benutzen, seziere sie
nicht.

Der Mann da drüben hustet
freundlicher als der andere, sagte
das Kind. Wie kommst du darauf?
Der andere hört sich so eklig an!

Eine junge Frau mit alter Stimme.

Was noch?

News.

Bekanntmachung!

Auch wenn ich manchmal auf
und davon laufen möchte (und
die Möglichkeit hat jeder), überlege ich es mir wieder und bleibe
(vorläufig) hier.

Leute, die nichts zu sagen haben,
erklären dem Künstler: Deine Sachen verkaufen sich nicht, bist du
noch auf der Höhe der Zeit? Er
entgegnet: Im Vergleich zu anderen dränge ich mich nicht auf,
bleibe bei mir, freue mich über
den (einen von Hundert), dem das
gefällt!

Nach dem phosphoreszierenden,
unverständlich erscheinenden Dis-
play mit der endlosen Zahlenreihe
erschien plötzlich ein ganz einfach
zu bedienender Schalter.

Sie glaubt, sie sei anders. Schuld

daran sind natürlich die anderen.

Eine kurze Geschichte, wie eine
Single-Schallplatte aus den sechzi-
ger Jahren des letzten Jahrhun-
derts.

Seine Größe besteht aus seiner
Tatkräftigkeit. Er sagt nicht: Ich
möchte. Oder: Ich würde. Er sagt:
Ich will! Und macht es auch.

Was wäre denn das für einer?

Kein Wichtigtuer, Rechthaber
oder Blender!

Mein Onkel war verantwortlich
für den Bauernhof. Erntezeit,
Stallarbeit, alles musste funktionieren. Es ging oft bis spät in die
Nacht hinein, gab so viel zu tun,
so viel Leben auf dem Bauernhof.

Es war das Größte für mich als Kind!

Der Sprachforscher hat ERNIE gesagt. Nicht ER NIE!

Er ist gerne allein, will trotzdem nicht als Sonderling gelten.

Bloß nicht unvorsichtig werden, sonst wirst du enttäuscht!

Es stimmt, ein Buch gilt erst als Buch, wenn es tausend Seiten hat. Jedenfalls wird es von den Verlagsriesen so gesehen, auch von den Medien und Sprüchemachern. Selbst wenn es Sachen enthält, für die sich kein Mensch interessiert.

Von wegen KLIMAWANDEL!

SCHADE UMS PAPIER!

Seine Angebetete erschien und wollte ihn trösten, wartete, bis sich sein Schmerz gelöst hatte.

Da bedeutete sie ihm aber schon nichts mehr.

Die Leute sprechen nicht miteinander. Grüß Gott vielleicht oder auf Wiedersehen. Schönes Wetter heute! Frohe Ostern! Wenn es tatsächlich laut wird, dann bei den neureichen Nachbarn, die alles besser wissen, aber kein wirkliches Gespräch führen können. Dabei denke ich an meine Kindheit. Als die Leute miteinander redeten, hatten sie noch etwas zu sagen, und man hörte ihnen zu. Ich erinnere mich an die schönen Redepausen, in denen man an das Gesagte denken konnte.

Hier passiert alles gleichzeitig.

SERVUS!

HABE DIE EHRE!

GRÜSS GOTT!

DIE FAHRKARTE, BITTE!

Das Durchsuchen von Taschen
und Koffern. Geräusche beim
Brückenüberqueren, Brückenab-
brechen, Brücken hinter sich lassen.

Leugnen.

Bereuen.

Was bereuen?

Nur wer grundlos lacht, wird verdächtigt!

Wer nicht dagegen ist, ist immer dafür!

Ich habe einen Bekannten mit einem Buchladen und wollte über seinen Homepagebestellservice etwas bestellen. Aber es funktionierte nicht. Also schrieb ich eine E-Mail: Gebe ich im Suchfeld deines Bestellservice den Namen WOLF ein, öffnet sich nach dem dritten Buchstaben (WOL) ein neues Fenster namens VORSCHLÄGE mit zehn Titeln – und ich fühle mich überrumpelt (die Startseite allein präsentiert ein Laufband, Spitzenreiter drängen sich buchstäblich auf, sogar mit Videoclips, aber das will ich ja alles nicht) also tippe ich auf den Vorschlagtitel: WOLF, JACK / BIOGRAFIEN /

ERINNERUNGEN, weil ich meine, das Buch AUSGEWÄHLTE BRIEFE dort zu finden. Da erscheint eine neue Seite und sagt mir: DIE WEBSEITE WURDE NICHT GEFUNDEN! So gehe ich zurück auf die Startseite, sehe wieder nur die sich vordrängenden Buchcover, dazu eine große Headline (mit den noch viel wichtigeren Büchern). Ich versuche es noch einmal. Aber jetzt habe ich mich vertippt, ich schreibe WOOLF. Sogleich erscheinen 250 Titel, nur nicht der mit den Briefen. Allerletzter Versuch: Schnelle Eingabe des Wortes WOLF, schnell auf SUCHE gehen (schneller sein als die aufdringlichen Vorschlagsseiten). Endlich – das Buch erscheint! Aber jetzt mag ich nicht mehr. Muss ja noch weiterklicken, zum Warenkorb und zur Kasse, und eine Geheimzahl eingeben, Pflichtfelder ausfüllen. Nein, das mache ich nicht. Wenn ich den Aufwand überlege, besuche ich dich lieber in der Buchhandlung, lasse dich die Bestellung ausführen, das Buch zu mir nach Hause schicken! Denn ich interessiere mich nur für dieses Buch, nicht für Politik, auch nicht für Zeitgeschichte oder Geschichte in Bild und Text, nicht für Kolonialgeschichte, für DDR-Forschung nicht, auch nicht für Erfahrungen und Lebenshilfen, für Geschädigte nicht und nicht für DDR-Militärgeschichte, nicht für Länderkunde, und auch nicht für die ehemalige Kanzlerin!

Als ich aus meinen Träumen erwachte, hörte ich das Rascheln der Birke vor dem Haus meiner

Eltern. Ich hörte genauer hin: Das nicht dazugehörende Klirren und Klicken eines Schlüsselbundes klang wie das Laden (oder Nachladen) eines Gewehres.

Trink, wenn du vergessen willst!

Es ist offensichtlich, dass hinter einer schönen Stimme nicht zwangsläufig ein freundlicher Mensch steckt.

Ein Buch in Leporelloform.

Ein Akkordeon.

Du musst nicht glauben, was alle glauben.

Hast du auch einen Tick?

Wer noch?

Die Frau des Briefträgers.

Ich gehe ans Meer. Ich nicht. Ich würde Sie gerne zum Essen einladen. Nein, mein Mann wartet. Ich bin allein. Sehr schön. Warum? Ich habe drei Kinder. Wunderbar. Finden Sie? Klar. Weiter will ich nicht denken!

Abschied heißt nicht Abschiednehmen.

Heute habe ich jedes Wort auf die Waage gelegt, hatte im Grunde aber nichts zu sagen. Dabei fielen Worte wie SCHWÜL, HELLHÖRIG. Sätze wie: In einer Gesellschaft, die nichts anderes vorhat, als sich zu kontrollieren, möchte ich nicht leben.

Er behauptete, alles im Griff zu

haben.

Nicht so laut, sonst überhört man dich!

Die Mutter fragte ihr Kind: Warum hast du Angst vor dem Doktor? Du brauchst doch bloß eine kleine Spritze, die tut bestimmt nicht weh. Wenn du dir die Spritze nicht geben lässt, kannst du sehr krank werden! Und dann bekommst du erst recht eine Spritze!

Das Kind erhielt einen Schock, als es den Krampus (Knecht Ruprecht) erlebte. Angst und Schrecken überfielen es, als es sah, wie er erst (zum Spaß) der Oma, dann der Tante, dann auch noch dem Vater die Rute über den Hintern zog. Mit tränenüberflutetem Gesicht stürmte es auf den Vater zu, umklammerte seine Beine, weinte um ihn, wie es nur Kinder können.

So erzieht man Kinder zur Gehorsamkeit!

Er wollte es besser machen, hat sich hineingekniet, um drei Ecken gedacht. Aber niemand interessierte sich dafür.

Die Sonne versank hinter dem Horizont und ein kardinalroter Vollmond stieg aus dem Meer.

Auch kleine Riesen haben Schlafstörungen. Glauben sie, endlich schlafen zu können, werden sie von großen Taten geplagt.

Er vernichtete die Schallplatte und rief: Schande über sie! Er wünschte sie zum Teufel. Worauf die

Platte ein Bestseller wurde.

Fünf große Liliputaner saßen auf der Lauer, machten einen Sprung, um eine Flasche Rum herum!

Die Leute warten immer auf das, was sie nicht haben.

Ironisch distanziert.

Der Mann hatte etwas Unheil-volles zwischen Augen und Stirn. Während sein Rivale mit den roten Wangen harmlos wirkte wie ein Kind.

Noch eine Lüge.

Wegen einer kleinen Rechnung wird der Rentner vom Finanzbe-amten drangsaliert, während der protzige Steuersünder unbescholten vorbeigeht an ihm.

Er wollte es dem Hund heimzahlen, brachte ihn nicht aus dem Kopf. Ließ sich verspotten, lächerlich machen vor allen Leuten. Hat sich nicht gewehrt, war gar nicht fähig gewesen, ihm zu widersprechen, stand wie unter Schock. Seit Jahren dachte er daran. Aber heute würde er sich rächen, endgültig! Er zögerte. War er nicht der Ausgeschmierte, der Unterlegene? War er es wirklich? Nein, dachte er, heute werde ich es ihm zeigen, und erwachte schweißüberströmt im Bett.

Es ist ein Ros entsprungen, aus einer Wurzel zart, wie uns die Alten sungen, von Jesse war die Art. Das hat er in der Kirche (ohne zu wissen, was hinter dem Wort Jesse steckt) freiweg gesungen. Fragen waren unerwünscht. Von wegen, man kam gar nicht auf den Gedanken, zu fragen.

Ich war in einer Ausstellung, erst ging ich von rechts nach links, dann von links nach rechts. Ich kaufte ein Buch. Aber die Verkäuferin wusste noch weniger über den Künstler als ich.

Eine Frau ist keine Rechnung, die man nachprüfen kann!

Hinreißend ist nicht gleich hinreißend und Toleranz nur ein Wort, das mit Toleranz nichts zu tun hat.

Hier standen die Blumen, das Gebäck, der Kuchen und die Geschenke. Gegenüber saß ein Mann, der nicht dazugehörte.

Sie interessierten sich nicht mehr
füreinander, gingen sich aus dem
Weg. Er sagte nichts Liebevolles
mehr. Und sie sah nur noch ihre
schlechten Seiten.

Immer alles schön auf den Kopf
stellen in der Geschirrspülma-
schine!

Es ist eine sinnlose Welt geworden. Der Computer benötigt eine dreihundert Seiten lange Ge-
brauchsanleitung. Dein digitaler
Routenplaner lenkt dich vom
Fahren ab, genauso wie das neue
Universal-Touchscreen-Autoradio.
Und dein Handy funktioniert nicht
mehr im Ausland!

Erst durch dich wird alles kompli-
ziert. Du hast das Einfachste ver-
lernt. Nur Satelliten wissen, wie es

weitergeht.

Du glaubst an dich, dann wirst du
abgelehnt!

Würde ich hier einen Strich ziehen, nächstes Jahr erschiene er
wieder. Stimmt das, Herr Land-
vermesser?

Wenn du Zeit hast, nimmst du sie
dir nicht, weil du nicht weißt, was
Zeit ist, nicht in der Nacht und
auch nicht am Tag. Wenn du Zeit
hast, schreit niemand nach dir,
erst wenn du sie nicht mehr hast.

Ich weiß, neunzig Prozent sind an-
gelernte Sätze, der Rest strotzt vor
Unsicherheit. Dafür bist du in der
Kirche der Vorbeter.

Bist du verrückt, dich mit mir zu

beschäftigen? Als hättest du selbst nicht genug Probleme!

Ich glaube, du schreibst nur auf, was du vorher schon weißt, und das ist dein Problem (oder Unglück), weil du dich nicht einlässt auf das Leben, nicht wegkommst von den Ansichten, nichts von dir selbst hinzufügen kannst, außer Floskeln, Nachahmungen und Lügen!

Er schrieb Geschichten, Erzählungen und Romane, die ihn zehn Jahre seines Lebens gekostet haben. Wirklich schön, sagten die Leute, die nichts zu sagen hatten. Jetzt schreibt er Bewerbungen, versucht, seine Lage zu klären. Entwürdigendes denkt er über sich selbst!

Erst wurde er reglementiert, dann kontrolliert, und als er nicht mehr hineinpasste, ausrangiert.

Ausgelacht.

Der eitle, profilierungssüchtige Heimatpfleger macht neuerdings Führungen durch die Stadt für Leute, die sich erklären lassen, was Kunst ist!

Plötzlich fiel das Wort ARTIFIZI-ELL. Und er wusste nicht mehr, was es bedeutet.

Der alte Mann am Bahnhof: Die Philippinen, das war für mich ein schönes Wort, verbunden mit Sonne, Strand und Palmen.

Waren Sie dort?

Kennen Sie das Wort WAR-
TEN?

Natürlich, unser Land ist ein
großes Wartezimmer.

Können Sie warten?

Das geht Sie nichts an!

Ein Ehemann, vertraulich zu
einem anderen Ehemann: Jetzt
erzähl mal, wer hat bei euch
das Sagen?

Erst wenn man etwas ist, kann
man sagen, was man ist.

Dass sie ihn lieben würde, hätte er
nicht gedacht. Als sie ihren Mund
öffnete, blitzte ein Goldzahn hervor. Es war der rechte Schneide-
zahn.

Er befand sich in einer Situation,
die er nicht einordnen konnte.

Der Künstler sagte: Ich kenne die
Masche, erst erzählt der eine etwas
über ihn, dann der andere, dann
kommt wieder der, der schon etwas erzählt hat, dazu ein Filmaus-
schnitt, gleich darauf die unter-
würfige Frau, und so weiter und
so fort. Ist doch schön, oder?
Nein! Warum nicht? Weil es
falsch und verlogen ist, wenn
der Dreckskerl plötzlich als Held
hingestellt wird!

Er sagte, mein Vorschlag wäre: Vernichtet das Internet, die
Wiederholung der Wiederholung. Wichtigtuer und Phra-
sendrescher!

Aber man hörte ihm nicht zu.

Als er im Supermarkt die Leute
mit ihren Einkaufswägen sah, die
ihn an kleine Gefängnisse erinner-
ten, suchte er ruckartig den Aus-
gang.

Man musste früher nur wissen,
wer wo involviert war oder in wel-
chem Verein. Galt es etwas zu gewinnen oder zu verlieren, ging
man am besten zum Vorstands-
vorsitzenden. Wobei andere sagten: Egal, geh, wenn du glaubst,
gehen zu müssen, wohin auch
immer!

Niemand kann alles wissen,
schon gar nicht das Ergebnis
von einem in Hass ausartenden
Fußball-Weltmeisterschafts-End-
spiel!

Er füllte ein Formular aus.

Er hatte eine unbeschwerte Kindheit, aber dann kam die Schule, da hatte man nichts zu sagen. Dieses Drama steckt noch heute in ihm. Die Zeit der Kirche, die Zeit der Lehrer, Lehrzeit, Unterdrückung der eigenen Gedanken!

Jemand, der sich über das Schicksal anderer Menschen lustig macht. Ein Vernichter an der Spitze des Großkonzerns, ein Förderer!

Als Kontrapunkt der junge Tag, die Sonne am Horizont, noch weiß (blass) wie eine Hostie, und in den Bäumen der Gesang der Vögel.

Ausbrechen!

Der ganze Ekel der Welt, verpackt

in einem Buch. Öffnest du es und beginnst darin zu lesen, erscheint es dir nur als Ware, als Wandtapete oder Teppich.

Ein Mann wird erwachsen.

Es ist wieder ein Tag vorbei und der nächste wird sein wie die anderen. Was ich sagen wollte, wird Sie nicht interessieren. Die Kinder, ich habe keine Kinder, leide aber unter den Bälgern des Nachbarn. Zu meiner Zeit, als ich noch Kind war, gab es nicht so viel Freiheit, dafür ein paar hinter die Ohren oder gleich auf den Mund, wenn man frech wurde. Was die Kinder heutzutage sagen, ist mir trotzdem nicht egal.

Er hinterließ keine Spuren. Er lebte in einem Haus mit zwölf

Jungen zusammen. Er war der
Vielgepriesene.

STEINIGUNG –

Badezimmer mit Kruzifix an der
Wand, Klosett, Duschkabine,
Waschbecken, Spiegelschrank,
Badewanne, nackte Glühbirne
an der Decke, Waschbecken mit
Zahnputzbecher, Zahncreme,
Seife, Handtuch. Ein Mann sitzt
auf dem Klosett, blickt zu Boden,
nimmt eine Zeitung, überfliegt
sie, wirft sie weg, drückt, stöhnt,
schließt die Augen, öffnet sie,
bemerkt das Publikum: Endlich! Stöhnt, drückt, blickt in die
Runde: Die Leute scheißen sich
nichts mehr heutzutage! Wirkt
leicht überrascht, schaut sich um:
Wieder nicht genügend Toiletten-
papier! Wie oft habe ich es mir

vorgesagt, trotzdem vergesse ich
es, scheiß drauf, die Zeitung von
gestern tut es auch! Bückt sich
nach der Zeitung, drückt, blickt
zur Seite, zieht an einer Schnur neben der Wasserspülung, mit der
Zeitung in der Hand. HALLELUJA
von Georg Friedrich Händel er-
klingt ein paar Sekunden lang. Der
Mann wirft die Zeitung zu Boden:
Hab ich nicht recht? Keiner, niemand mehr scheißt sich was! Spöttisch auf die Zeitung blickend:
Ich überfliege nur noch die Seiten!
Wird eine Straße freigegeben, erscheinen die Wichtigtuer mit einer
Schere in der Hand. Und der Vor-
stand des Geflügelzuchtvereins ist
wiedergewählt worden. Was ist
das im Vergleich zu dem Saustall
ringsumher? Europa, Afrika, die
Juden, Christen und Islamisten!
Beginnt höhnisch zu lachen: Wis-

sen Sie, was Toilette eigentlich heißt? Laut: EUROPA! Ernst: Ich habe mehr als zehn Leben hinter mir, alles gemacht, und immer hat es geheißen: Think positiv! Immer wenn alles scheiße ist, sollst du positiv denken. Denken kleingeschrieben, weil keiner mehr weiß, was mit Denken gemeint ist, was es heißt, dass tatsächlich eine andere Macht dahintersteckt, alles blind übernommen wird von den Medien. Weil sich keiner mehr was sagen traut! Drückt wieder: Gestern war ich in der Stadt, es gab nichts Schönes zu sehen, nur CAFE TO GO und EVENTS. Laut: ODER? Schauen Sie sich mal um! Herausfordernd: Stimmt es etwa nicht? Drückt: Mir doch egal, lautet die Floskel. Drückt: Die Leute tun mir nicht leid, die sich alles gefallen lassen! Drückt: Gestern.

Überlegt: Was war gestern? Hebt
die Zeitung vom Boden auf, wirft
sie wieder weg, verdreht die Augen: Schwere Verdauung, schon
als Kind. Blickt an die Wand:
Und du, Kruzifix, kannst mir auch
nicht helfen. Vorwurfsvoll: Muss
es nicht raus? Nein? Darf es nicht?
Stöhnt und drückt: Nein, nicht
alles? Muss uns immer was quä-
len? Immer was an etwas Böses
erinnern. Ja? Warum hängst du
am Kreuz? Was hast du gemacht?
Blickt das Kruzifix eindringlich an:
Kruzifix, hörst du mir überhaupt
zu? Das Leben ist nach ein paar
Jahren gelaufen, bei den meisten
jedenfalls. Frau, Kind, Haus und
Hof, Arbeit, Streit, Aufstieg, Fall.
Und die Liebe? Warum hängst
du da? Soll das Liebe sein? Freude? Nein, Angst und Schrecken
verbreitest du! Alles wird unter-

mauert mit deinem Rosenkranz,
Maiandacht, Vaterunser, Beicht-
stuhl und Reue. Reue? Wofür?
Und die Sünden? Welche Sünden?
Voller Ehrfurcht sollen die Kinder
in die Kirche gehen! Drückt und
stöhnt: Du machst alles kaputt!
Du und deine Kirche. Hast du
dich ermorden lassen? Nein, ich
fühle mich ermordet, wenn ich
dich sehe! Was ist wahr? Und was
ist Lüge? Fängt zu fluchen an:
KRUZIFIX! Stöhnt und drückt.
Lacht lautstark, spöttisch. Presst.

ERBSÜNDE –

Hat sich schon jemand gefragt,
was das Wort ERBSÜNDE bedeutet? Was es hervorruft in einem
Kind? Gefühle, Assoziationen, Be-
fürchtungen. Unausgesprochenes,
Unverarbeitetes. Angst?

Woran erinnert dich das Wort?

Was fühlst du bei dem Wort?

Ich hab keine Zeit!

Siehst du nicht, dass ich telefoniere!

Später!

Nicht jetzt!

Der Vater hat gesagt! Die Mutter hat gesagt! Der Nachbar hat gesagt! Der Pfarrer hat gesagt! Die Schwester hat gesagt! Der Lehrer hat gesagt!

Was haben sie gesagt?

Deine Wahrheit ist nicht meine Wahrheit!

Hätte ich früher gewusst, wie
ich auf andere wirke, wäre ich
wahrscheinlich übergeschnappt.

Die Tochter der Tänzerin hat
schöne Augen und einen ver-
führerischen Mund. Aber sie
sagt: Vom Gesicht allein kann
man nicht leben.

Zur Einfachheit möchten alle zurück. Das funktioniert aber nicht.
Weil alle sich in der digitalisierten
Welt für ihre Einfachheit schämen
würden.

Weißt du nicht, dass es um Geld
geht?

Um was noch?

Wenn sie es haben – um noch
mehr Geld!

Ein Mann, aufgebracht, wütend, macht zu jedem Satz die entsprechende Bewegung, mit beiden Armen, weit ausholend, lautstark: Weil ich mich hier fühle wie vor einer Wand (Arme hoch und weit aufspreizend). Wie ein Blinder! (Schaut verängstigt umher). Wie ein armer Hilfsarbeiter. (Kurze Pause). Wie ein Depp, der den Rasen mäht. (Wird lauter und hebt die Arme, lässt sie wieder fallen).

Ein Kind sagt: Ich habe mir die Hände schon gewaschen! Ich habe mein Fahrrad schon geputzt! Ich habe auch meine Hausaufgaben schon gemacht!

Die Nachbarn treiben wochenlang keinen Sport, machen dann aber eine Gewalttour mit ihren Fahrrädern, aufgetakelt wie bei der Tour de France, erzählen es lautstark über den Zaun: Wir waren, sagen sie, wo waren wir denn? Ach ja, von Großbergham nach Klein- bergham, dann rauf zum Groß- berg, runter nach Niederbergham am Krater vorbei und zurück. Am liebsten würden wir gleich noch- mal losfahren!

Ich bin nicht vordergründig, nicht erpicht auf Empathie, das Vorder- gründige spielt sich bei mir im Hintergrund ab (spiegelt sich), ist nicht bestimmend, ist offen, ist frei, und jedermann kann darin sehen, was er will. Aber es ist mein Leben, hat mit akademischen Leh- ren nichts zu tun!

Verbesserung.

Klar, ich war auch mal jung und

habe Wörter verwendet für etwas, das ich nicht verstand!

Eine Tragödie in einer Komödie in einer Tragödie – wieso soll das nicht funktionieren? Was bildet ihr euch denn ein, alles nach demselben Konzept? Zu Befehl! Und stillgestanden! Das ist der Tod, noch bevor du zum Leben erweckt wirst, dabei wird alles subventioniert! Mit dem Geld der Bürger werden Bürger unterdrückt! Aber nein, es ist eines der ganz wenigen Stücke, von denen man noch etwas lernen kann. Mit Herz und Verstand! Klar und deutlich, erfrischend wie ein Gebirgsbach am Morgen. Glaubwürdig und spannend bis zum letzten Satz!

Machen wir's gleich – also später!

Rückwärtsgeschichten.

Zwei Männer in einem Bus fahren durch die Gegend, fahren durch eine Stadt. Der eine sagt: Hier habe ich Bäcker gelernt. Nein. Da war ich bereits Gehilfe! War es eine schöne Zeit? Ach, ich weiß nur noch, dass ich eingespannt war in eine Zeit, die ich nicht mochte. Da bin ich schon einmal gewesen. Zu der Zeit habe ich zu schreiben angefangen, als du deine Vorträge gehalten hast. Rede nicht, wir müssen weiter! Morgen sind wir da. Morgen Abend werden wir dort sein. Und du, was machst du die ganze Zeit?

Ich fahre morgen nach Paris. Was gibt es dort, was es hier nicht gibt? Sind wir nicht alle ein bisschen verrückt? Im Alter sehnt man sich nach Ruhe. Ich weiß, aber ich bin noch nicht alt.

Alle wollen alles schon vorher wissen. Jeder von jedem alles, anstatt zu leben. Das tut weh. Was? Weil es keine Grenzen mehr gibt. Nur noch gespielt wird. Keine Hemmschwelle mehr. Klar, alle wollen reich sein. Dabei sind wir doch reich, nur ein paar viel reicher! Und schon ist die Freude keine Freude mehr.

Meine Eltern sind gestorben. Meine auch, letztes Jahr. Und das soll alles gewesen sein? Du lebst ja noch!

Ich will nicht so viel wissen. Es kommt schneller, als du denkst. Was? Ich sage es nicht noch einmal. Wenn es vorbei ist, ist es vorbei.

Das Leben?

Einmal wollte ich nach Griechenland, dann ist etwas dazwischengekommen. Heute interessiert mich Griechenland nicht mehr. Heute ist nicht gestern. Und was wollen die Kinder? Die sind schneller, als du denkst. Nicht stehen bleiben, nicht so viel denken!

Ein Autobus hielt vor der Haltestelle. Ich schaute mich um. Er war leer. Ich schaute genauer hin: Und der Bus war voller einsamer Herzen.

Ich weiß nicht, habe ich es in einem Buch gelesen oder geträumt: Ein Rabe saß am obersten Zweig des Baumes und beobachtete mich.

Gibt es weiße Raben?

Wen interessiert das? Die Leute
denken nur an sich! Keine Ahnung, aber vielleicht gibt es noch
ein paar Menschen unter ihnen.

Vergiss, was ich bisher gesagt
habe.

Ein Mann, gesetzlich geschützt,
hat eine Scheußlichkeit begangen.
Gesetzlich geschützt? Nein, das
Wort heißt IMMUNITÄT. Er wird
aber nicht bestraft, dafür vermark-
tet, vom Fernsehen, gesetzlich geschützt, Internet und so weiter.
Also bekommt man von den Medien eingetrichtert, er sei etwas Besonderes. Und weil niemand gegen
diesen gesetzlich geschützten Be-

sonderen etwas unternimmt, vergeht die Zeit und vergeht, bis sie vergangen ist.

Noch eine Lüge.

Es gibt große und kleine Verbrecher. Der kleine bekommt eine Villa am Meer, Auto samt Chauffeur, Köchin und Hauswart, jeden Monat dazu ein kleines Vermögen. Und doch fühlt er sich gefangen, allein, weil er etwas für den Weltkonzern vollbracht hat, das weltweit bis heute verschwiegen wird.

Freiwild.

Du kannst ein Buch von einer Hand in die andere legen, umdrehen, hochkant hinstellen oder unter den Arm nehmen. Egal, was drinsteht, darin riechen, Blätter

herausreißen oder in den Fluss
schmeißen, wenn es dir nicht
gefällt. Aber vorher solltest du
dich interessiert haben für das
Buch.

Dass ich der geworden bin, der ich
jetzt bin, verdanke ich meinen Eltern. So schnell wie möglich weg
von zu Hause. Ohne Schmerz und
ohne Trauer. Ich wusste damals
schon, alles vergeht, nichts bleibt,
auch die Gedanken der Menschen
nicht.

Eine Frau, tief gebeugt am Alzufer
entlanggehend, wird von jungen
Burschen beschimpft, reagiert aber
nicht. Ist sie taub? Nein! Sie trägt
eine Armbinde. Ist sie blind? Ein
Hund trottet neben ihr her, bleibt
abrupt stehen, sodass sich die Jungen fragend anschauen.

Bist du vom Departement? Nein, ich stehe hier auf verlorenem Posten. Und wer schafft an, wer bestimmt? Wer sagt, was gut ist oder schlecht?

Ich bin nicht von hier.

Ich auch nicht!

Der Mond und die Sterne, und eine Wirtschaft, weit abgelegen von der Großstadt. Dazu ein Trampelpfad über die Felder. Schön aufpassen! Immer wieder dieses Wort AUFPASSEN!

Ein Mann mit kräftiger Stimme, der mit seinen Ansichten (vor allem wegen seiner Stimme?) recht bekommt, nicht am Eingang stehen bleibt, zielbewusst die Theke ansteuert, obwohl er hier noch nie gewesen ist.

Eine Frau, die mit den Händen
spricht (es ist nicht Winter),
ziemlich aufgeweckt erscheint,
im Grunde aber in sich gekehrt
ist.

Burschikoses Gesicht.

Schwarze Augen.

Ich versuche nicht, ihr Gesicht zu
zeichnen, will es mir merken, weil
sie zu sprechen beginnt. Aber ich
verstehe sie nicht. Sie holt einen
Taschenkalender aus der Jacke,
kein Handy. Dafür bekommt sie
hundert Punkte von mir! Aber
ihre Haare sind gefärbt.

Dann holt sie doch ein Handy aus
der Tasche!

Woher kommen Ihre Ideen?,
wurde der Künstler gefragt. Aus
den Köpfen der Leute: Der Leutnant von Leuten befahl seinen
Leuten, nicht eher zu läuten, bis
der Leutnant von Leuten seinen
Leuten das Läuten befahl!

Noch ein Kinderlied?

Bitte, ich will nicht an mein Alter
erinnert werden!

Ein schwacher, humorloser
Mensch, ohne persönliche No-
te. Bindet seinen Schal wie der
Bundestrainer, der Schlagersän-
ger, der Nachrichtensprecher.
Läuft der Mode hinterher. Stets
darauf bedacht, nicht aufzu-
fallen.

Anlehnungsbedürftig?

Einer, der den Menschen nichts Erfreuliches mitteilt, redet nur von etwas, das er bis heute nicht bereut, auch noch Geld bekommt dafür. Einer, der mit seiner Vergangenheit kokettiert, ein Unterdrücker, Menschenverächter und Peiniger!

Einerseits stellt er sich dar als versteckter Mitwisser. Andererseits muss man ihm zuhören. Die entscheidende Frage wurde ihm noch nicht gestellt: Würden Sie es noch einmal machen?

Ein Nachrichtensprecher im Fernsehen, sehr streng geradeaus blickend: Nichts ist in Ordnung. Es tut uns leid. Die Auflistung aller Kriege auf der Welt würde den Rahmen unserer Sendezeit sprengen!

Ich will nicht klagen, aber es ist alles wahr.

Manchmal befinde ich mich mitten in einem Feuer und denke: Entweder ich gehe zugrunde oder ich komme gestärkt daraus hervor.

Ängstliche Menschen, stets darauf bedacht, alles richtigzumachen. Seinerzeit, als die Zukunft noch keine Vergangenheit war!

Eine Frau sagt etwas zu ihrem Mann und fragt nach einer Pause, weil er nicht antwortet: Interessierst du dich nicht mehr für mich? Der Mann spitzfindig: Natürlich, ich interessiere mich nur nicht für Menschen, die mich nicht interessieren.

Schau dir mal den Bademeister an!

Was, ein Bademeister soll das sein?

Ich zweifle nicht daran, glaube aber, dass es ein herrschsüchtiges, alle Grenzen überschreitendes Monster ist.

Und was heißt glauben?

Die Kirche ist voll davon.

Was soll das bedeuten?

Dass ich nichts weiß!

Schau, das scharfe Weib ist wieder hier, sagte er, aber erst, nachdem sie vorbeigegangen war an ihm.

Beliebte Schimpfwörter:

WEICHEI!

WARMDUSCHER!

BECKENRANDSCHWIMMER!

Wenn du willst, kannst du ja mal vorbeischauen bei mir. Zusammen mit deinem Hund, wie heißt er gleich wieder – Alex? Der Name lässt sich sehr streng und befehlend aussprechen.

Winselnde Hunde mag ich nicht.

Bist du schwerhörig?

Blind?

Sie holte aus der linken Manteltasche ihre Autoschlüssel

und aus der rechten ein Handy,
legte beides vor sich auf den
Tisch.

Keine Wortspielereien, sagte sie,
keine Versteckspiele, keine Bevor-
zugung. Du allein musst wissen,
was du willst.

Umsonst gibt es nichts auf der
Welt.

SALE

SICE

COFFEE TO GO

FLASH POINT

PUBLIC VIEWING

FLAT RATE

Ich müsste ein Ausländer sein im eigenen Land, der sich einer fremden Sprache unterwirft! Nein, ich schaue nur genauer hin als andere. Unter den Bäumen liegen noch Äpfel vom letzten Jahr!

Eine Gestalt in Arbeitskleidung fängt zu sprechen an: Ich habe auch nur im Hintergrund davon gehört. Zwanzigtausend Tonnen Kopfsteinpflaster. Weißt du überhaupt, was das für eine Menge ist? Das sind drei Schiffsladungen voll! Kurze Pause. Ukraine, hat er gesagt. Beste Beziehungen zu den Behörden! Aber zwanzigtausend Tonnen! Kurze Pause. Hat seinen Kompagnon hinausgeworfen, will jetzt allein anschaffen. Drei Schiffsladungen voller Pflastersteine. Ich glaub, ich spinn! Kritisch. Und wie lange man da

braucht zum Abladen! Fünfund-
siebzig Prozent der Geschäftsan-
teile gehören ihm. Einfach hinaus-
geschmissen! Kurze Pause. Hat
die Mehrheit. Klar, er muss ihn
ausbezahlen, im Gesellschafter-
vertrag steht, nicht auf einmal,
sondern verteilt auf sechsund-
dreißig Monate! Längere Pause. Entschuldige, ich hab keine
Zeit mehr!

Ein Pferdeschwanzmann unter
Pferdeschwanzmännern.

Weil er dachte, sie nehmen nur die
Besten, wäre er hier gut aufgeho-
ben.

Er lebt nicht mehr, funktioniert
nur noch!

Ein Junge in der Wirtschaft, klein

und geduckt in einer Ecke sitzend,
erhält einen Anruf, spricht mit
unglaublich befehlender Stimme,
dass jeder im Raum erschrickt.

Die Überwindung des Dialekts.

Ein Schattenriss an der Haus-
wand gegenüber. Hoch am Himmel Kraniche im Verbandsflug.
Ihr Geschrei (in den Ohren) kehrt
als Echo vom Wald zurück.

Wer versteht, dass man etwas
schreibt, ohne Aussicht auf Veröffentlichung oder Aufführung
auf der Bühne?

Auf der Suche nach der objektiven
Wahrheit.

Der Name Maximilian – vom Vater schnell und gedehnt von unten

nach oben ausgesprochen – hatte
etwas Forderndes, Bedrohliches,
Unausweichliches an sich, sodass
in ihm ein betäubendes Gefühl
entstand, für das er glaubte, sich
entschuldigen zu müssen. Der
Name Maximilian – vollständig
und langsam ausgesprochen –
hatte etwas Verspieltes, Beruhi-
gendes, beinahe Freundliches
an sich.

Der Lieblingsspruch des Haupt-
schullehrers: So was lebt, und
Goethe musste sterben! Er än-
derte ihn um und dachte: So was
lebt, und John Lennon musste
sterben!

Wurde er gefragt, was er dachte,
sagte er nicht, was er dachte.

Der Chef wollte wissen: Warum

chatten Sie nicht? Die Firma hat
Computer aufgestellt im Flur und
in der Vorhalle, frei zugänglich für
ihre Mitarbeiter! Das brauche ich
nicht, meinte er. Warum nicht?
Wenn ich will, mache ich es, muss
ich ja nicht. Sollten Sie aber, wiederholte der Chef mit fordernden
Unterton.

Haben Sie ein Handy? Natürlich.
Und was wissen Sie über Kunst?
Kinderzeichnungen sind bewegen-
der als die Farbschmierereien aus
der Kunstszene!

Wahre Kunst kommt aus dem
Herzen.

Kinderlieder sind schöner als der
Gesang eines Opernstars!

Gibt es etwas, das es nicht gibt?

Ein kleines Hochhaus.

Auch wenn es den Bäumen nicht
gefällt, werden sie gefällt.

Während wartende Patienten sich
verhalten wie wartende Patienten,
bleibt einer sitzen, ungezwungen
und frei.

Früher oder später merkst du,
ob jemand an dir Interesse zeigt
oder nur auf Schmeichelei aus
ist.

Und wer sollte das sein?

Ein Künstler, der ohne YOU-
TUBE, FACEBOOK, TWITTER
oder HANDY lebensunfähig geworden ist.

Ein Schatten im Rampenlicht.

Er konnte sich nicht so ausdrücken, wie er es wollte, ging trotzdem über das Grundstück, als gehörte es ihm.

Gäbe es das Besondere, sodass man nichts Anderes mehr bräuchte, bräuchte man nichts Anderes mehr, sondern nur das Besondere.

Die Frau zerreißt sich den Mund über diesen Mann, der einst ihr Ehemann war.

Jetzt denkt sie nicht mehr wie früher. Da war er was Anderes, sagt sie.

Anderes großgeschrieben!

Es gibt nur zweierlei Menschen auf der Welt: Herrscher oder

Beherrschte.

Besserwisser.

Er hörte sich alles an, nickte,
schaute sie an. Er hatte sie eingeladen. Nein, eigentlich war es
anders, aber sie hatte so viel auf
dem Herzen, warf mit Fachaus-
drücken um sich, sodass sie ihm
leidtat und er nur noch nickte.
Vorschub, sagte sie, und er
nickte. Kugellager, und dass
der Fabrikbesitzer zwei Sport-
autos in der Garage stehen hätte.
Sie redete über Ereignisse, die
ihn nicht interessierten. Aber
sie war ihm dankbar, dass er zu-
hörte.

Der Mann am Tisch, mit Vollbart
und John-Lennon-Brille, hatte eine
angenehme Stimme, auch wenn

er über unverständliche Dinge sprach. Das werde ich jetzt öfter machen, sagte er. Elektronik aus. Augen zu und durch!

HAX'N GAUDI stand vor dem Gasthaus auf einer Tafel. HINTERE STELZ'N VOM SCHWEIN. Und dann kursiv: Was da dahintersteckt, weiß kein ZUGEROASTER, nur eine GAUDI muss es sein. Das ist es, was uns fehlt auf der Welt. A RICHTIGE GAUDI!

Sein Gegenüber sagte: Hör mir doch auf mit diesen Girlgroups und ihren sinnverdrehten Namen, als müssten sie Stellung beziehen, sich politisch äußern, nur mit Musik könnte man die Welt ändern, dabei sind sie stinkreich, haben Lakaien, die ihnen die Schuhe zubinden.

Woher kommst du? Was isst du?
Und mit wem verkehrst du? Lügst
du oft? Was ist das für ein Fuß-
ballverein, den du anbetest? Was
können diese Multimillionäre
sonst noch? Möchtest du so
einer sein, oder ist dein Leben
bereits am Endpunkt angelangt?

Schandfleck.

Seit neuestem führt er Selbstge-
spräche.

Wenn Kinder von großen Firmen
verführt werden, nur noch Fast-
food essen, mit zerrissenen Hosen
und ausgelatschten Schuhen durch
die Gegend rennen, wofür man
sich früher geschämt hätte. Wenn
Menschen vor der Kiste sitzen,
wie hypnotisiert, alles glauben,
was man ihnen serviert. Schafft

man es nur noch mit Galgenhumor!

DAS VERSTECK –

Sie ließen ihn weiterreden, reden und reden, unterbrachen ihn nicht mehr. Etwas in ihm schrie immerzu um Hilfe.

Niemand hörte den lautlosen Schrei!

DER WEG ZURÜCK –

Er sagte, du bist unerträglich geworden, ich verlasse dich! Machte es aber nicht, weil er finanziell von ihr abhängig war.

Verschämt den Hass und die Wut herunterschlucken.

Etwas Lehrerhaftes, Bürokrati-
sches, das nichts mit der Natur
zu tun hat.

Und weit und breit kein Lächeln
mehr –

Geschrieben
2024 / 2025